SI ME MUERO, ABRE ESTOS ARCHIVOS

SI ME MUERO, ABRE ESTOS ARCHIVOS

Luis Alejandro Ordóñez

SEd Suburbano Ediciones

www.suburbanoediciones.com | @suburbanocom

A Olivia,
cabecilla, cómplice, coartada

I

De: Elvia González
Para: Leonardo
cc: Departamento Legal
Fecha: 16 de junio
Asunto: Plazo de entrega
Querido Leonardo, te escribo para recordarte que mañana es la fecha de entrega de los artículos. Cualquier cosa avísanos que podemos esperar uno o dos días, pero no mucho más allá. Saludos, Elvia, Coordinadora de contenidos

De: Elvia González
Para: Leonardo
cc: Departamento Legal
Fecha: 17 de junio
Asunto: Fin del plazo
Estimado Leonardo, no hemos sabido nada de ti y la fecha de entrega era hoy. Puedo esperar por ti un día más, pero si no tenemos los artículos mañana tendremos entonces que tomar medidas. Cordialmente, Elvia, Coordinadora de contenidos

De: Departamento Legal
Para: Leonardo
cc: Elvia González
Fecha: 21 de junio
Asunto: Rescisión de contrato
Señor Leonardo, le escribo para notificarle que hemos decidido aplicar la cláusula de rescisión de su contrato, debido al incumplimiento de los términos del mismo. Al no entregar los artículos encargados en el plazo previsto y no haber recibido ninguna explicación de usted, no nos consideramos obligados a recibirlos de ninguna manera. Si tiene alguna pregunta puede escribirme por esta vía, pero desde ya le reitero que el contrato establecido entre ambas partes nos permite actuar de la manera en que lo hicimos. Sin más,
Departamento legal

De: Elvia González
Para: José Pablo Hernández
Fecha: 07 de octubre
Asunto: Fwd Noticias de Leonardo
José Pablo, te reenvío este correo que acabo de recibir, creo que deberíamos hacer algo al respecto,
Elvia
Mensaje reenviado
De: Marta
Para: Elvia González
Fecha: 07 de octubre
Asunto: Noticias de Leonardo
Estimada señora González, disculpe que utilice este correo,

no tenía otra forma de comunicarme con usted. Soy Marta, esposa de Leonardo y le escribo para darle la noticia de que mi esposo falleció. Revisando sus papeles y archivos, encontramos los trabajos que debía entregarle, entiendo que ya ha pasado mucho tiempo desde que debían recibirlos, pero Leonardo nunca incumplió una entrega y quería dejar constancia de que esta tampoco la habría incumplido de no haber sido por el desafortunado destino. Sin más, me despido cordialmente,
Marta

Elvia, qué noticia más triste.
¿A qué te refieres con que
deberíamos hacer algo?

¿Leíste los artículos?

No

Léelos, son fantásticos y
nosotros publicamos una porquería

Bueno, la idea era publicar
los buenos, pero tuvimos
que correr

Tenemos más de cuatro meses
publicando porquería.
Leonardo era nuestro mejor
colaborador y ni siquiera
nos enteramos de que se murió.
A eso me refiero con
que deberíamos hacer algo.

A ver, Elvia, ¿qué crees
que debamos hacer?

II

Elvia no solía quedarse sin palabras, al menos no en el trabajo. Cualquiera fuera el proyecto, cualquiera el tema, cualquiera la extensión, ella de inmediato se sentaba a teclear y no paraba hasta alcanzar el número de caracteres necesarios. Pero mi pregunta se le mostró como todas las palabras que no tenía y por eso nunca supo ver su ausencia. Soy su jefe en el portal digital de noticias y simplemente la dejé sin respuesta, cosa que no le había sucedido antes. ¿Qué creía ella que debíamos hacer? Tardó en hallar una primera acción: Publicar los artículos de Leonardo y pagárselos a la viuda como si hubieran sido entregados en los lapsos establecidos. Le aseguré que tocaría el tema de inmediato con Departamento Legal; el hecho de que el contrato ya no existiera se me antojaba una fuente de inconveniencias. Pero con todo y mi promesa aquello no dejó satisfecha a Elvia. Y la página de palabras ausentes se le volvió más y más larga.

Elvia apagó la computadora, cosa que no hacía ni siquiera en sus días libres, se levantó de su escritorio y fue a la cocina a prepararse un café. La casa estaba desordenada, era jueves y ella limpia los viernes, si es que limpia. Mientras la máquina de café realizaba su acto de magia, Elvia repasó los artículos que tenía que terminar y los que tenía que corregir, tomó su celular y mandó mensajes reasignando su trabajo y dando órdenes de publicar tal como estaban artículos a los que no les había dado ni un vistazo.

Esa era la parte más peligrosa de su rutina: el momento en que no tenía nada pendiente mientras el café estaba saliendo de la máquina. Es mucha la vida que puede pasarle por delante en esos pocos segundos, aunque suelan venirle los mismos pensamientos, los cruces de caminos que la llevaron a donde está ahora y sus inseparables qué habría pasado si... Qué habría pasado si no hubiera viajado a Estados Unidos, qué habría pasado si Roberto, el novio casi eterno, la hubiera acompañado, qué si Roberto no se hubiera mostrado tan expedito para comenzar una nueva relación, qué si no hubiera aceptado este trabajo, qué si viviéramos en la misma ciudad. El café estaba ya frío cuando por fin se lo bebió. Con la taza en la mano se dio cuenta de que ni siquiera esa súbita liberación de responsabilidades sería suficiente.

Salió de la casa con la *laptop* a cuestas y fue al café donde solía trabajar varios días de la semana para cambiar de ambiente. Sentada con un inmenso *latte* sobre la mesa, la ausencia de palabras continuaba mientras ella revisaba el perfil de Facebook de Leonardo. Los mensajes de condolencia se extendían varios meses. Elvia resintió el que Facebook no le hubiera mostrado ninguno de esos obituarios, pero no podía ser de otra forma, ella no aceptaba peticiones de amistad de sus colaboradores y la verdad no cree que Leonardo se la haya solicitado alguna vez. En cualquier otra ocasión la eficiencia con que mantenía separados su perfil personal de la página del portal le habría generado satisfacción, orgullo, pero no en ese momento, en ese momento se estaba reprochando a sí misma lo que antes llamaba profesionalismo; no haber visitado nunca el perfil de Leonardo se le mostraba como una absoluta falta de tacto, como una profunda insensibilidad. Cuando llegó a las publicaciones de Leonardo en vida pudo ver varios de los *Me gusta* que ella misma les había dado. Claro, eran los artículos de Leonardo en el portal, que él compartía en su perfil y que ella, como parte de sus funciones y siempre bajo el usuario del portal corría a ponerles el pulgar extendido, no tanto para que el artículo llegara a más personas como para decirle al autor que estaban pendientes de que él ayudara en la promoción del portal. Pero fue en las otras publicaciones, las que no tenían el *Me gusta* del portal, donde Elvia se detuvo.

Eran todos textos que Leonardo compartía desde su página personal y que Elvia habría visto si hubiera tenido que revisar las credenciales de Leonardo para contratarlo, pero Leonardo ya era colaborador cuando Elvia comenzó en el portal, por lo que nunca se fijó en los otros trabajos de él. Un mensaje en el celular interrumpió la lectura de Elvia. Era yo, preguntándole si todo estaba bien porque no la veía en línea. Elvia no respondió.

No, no estaba bien, pero no me iba a decir eso. No sabía qué decirme y por primera vez la falta de palabras se le dibujó en la pantalla de su teléfono. Claro que antes de ese hubo cientos de mensajes que Elvia no contestó, pero ninguna de esas no-respuestas habían sido producto del nuevo silencio que se le estaba construyendo desde que le pregunté qué debíamos hacer.

El trabajo de Leonardo era muy interesante, siempre a medio camino entre la sencillez y la profundidad, entre la seriedad y la comedia, lo cual le daba un no sé qué de ironía a todo lo que escribía que al cabo de un par de horas se le comenzó a mostrar a Elvia como auténtica genialidad. Elvia volvió a resentir el que no hubiera leído a Leonardo hasta enterarse de su fallecimiento y que solo porque se murió ella pudo descubrir cuán interesante y original era su obra. Decidió entonces responderle a la esposa de Leonardo, no sin volverse a reprochar, esta vez que hubieran pasado tantas horas entre que recibió el correo y que se decidiera a escribir de vuelta. Y ahí fue cuando las palabras faltantes se la devoraron por completo.

III

Elvia tocó la puerta de la casa de Marta y pensó en lo extraño de la situación. Era la primera vez que iba a la casa de un colaborador, sería la primera vez que conocería a un familiar de un colaborador, pero por la particular circunstancia de la visita todavía tendrá que decir que nunca ha conocido en persona a ningún colaborador. No se siente ni bien ni mal por ello, es solo una característica de su trabajo, ella misma no ha visto a sus jefes sino un par de veces desde que entró en el portal digital. La forma en que el portal funciona, con piezas regadas por cualquier parte del mundo, le fascina y le enorgullece poder ser parte de algo así. Sin embargo, que esta visita haya sido posible solo por un conflicto entre ella y su jefe le hacía cuestionar el funcionamiento de la máquina que hasta ese entonces le parecía perfecta y maravillosa.

Tuvo que responderme antes de salir del café. Demasiados mensajes y llamadas perdidas como para seguir negándose. Me dio la excusa de rigor, la que tenía lista en caso de necesitarla aunque esa fue la primera vez que la usó, algo le cayó mal, se descompensó y del baño se fue directo a la cama, ya está un poco mejor, en un rato se pone al día. Pero igual no esperé para ponerla al corriente. Ya había recibido la respuesta de Departamento Legal y se la leí: consideraba improcedente publicar unos artículos sin vigencia que necesitarían de un contrato específico y no reutilizable. Elvia sintió furia, no por la negativa de Departamento Legal sino por las razones. Me colgó para no decirme por teléfono lo que me tenía que decir. Abrió de nuevo su *laptop* y desde el correo interno de la compañía envió el mensaje dirigido no solo a mí sino también a Departamento Legal y al Director General, donde bien claro decía que no aceptaría que Departamento Legal opinara sobre asuntos editoriales. "Si Departamento Legal considera un obstáculo insalvable el tener que escribir un contrato especial, yo no puedo decir nada al respecto. Por eso no acepto bajo ningún concepto que departamentos con otra experticia opinen sobre la vigencia o pertinencia de un contenido editorial". De inmediato abrí la ventana del *chat*.

Elvia, ¿quieres crear un conflicto?

> No, quiero evitarlo. Esa
> respuesta fue una extralimitación
> en sus funciones.

Fue solo una opinión

> De Departamento Legal en
> un asunto editorial, no me vengas
> con que solo fue una opinión

Y se lo enviaste a todo el mundo

> Si te lo hubiera enviado
> solo a ti, ¿le habrías escrito a
> Departamento Legal?

Elvia, mira, eso que te dio puede
ser un virus, tienes que cuidarte,
tómate dos o tres días, espero
que te mejores

La ventana del *chat* mostró el nombre José Pablo fuera de línea y de pronto Elvia tuvo frente a sí algo que no había tenido en muchísimo tiempo: dos o tres días libres sin nada que hacer, porque hasta cuando se tomaba días personales lo hacía con cada hora del día estrictamente planificada. Casi sin darse cuenta se encontró buscando a Leonardo en la base de datos de los colaboradores. Lo tenía bien ubicado desde aquella vez en que intentamos fomentar la confraternización en la compañía: se organizarían pequeñas reuniones sociales aprovechando que la mayoría de los editores y colaboradores estaban concentrados en cierto número de núcleos: Miami, Atlanta, Nueva York, Houston, Chicago, Phoenix, Los Ángeles, previsible por demás; el plan nunca se llevó a cabo.

En efecto, Leonardo no vivía tan lejos de ella, a unas dos horas en tren—dos trenes en realidad—, y ese detalle le dio el impulso que necesitaba. Se animó a llamar a Marta.

—Sí, diga—respondió la esposa de Leonardo.

—Marta, le llama Elvia González, quería expresarle mis más sentidas condolencias.

Tardó Marta en responder.

—Gracias, gracias por llamar.

—Debo también ofrecerle mis disculpas, no teníamos ni idea de lo sucedido, nuestra relación con los colaboradores es, por llamarla de algún modo, muy flexible y se vuelve distante, muchos van y vienen y asumimos que este era uno de esos casos.

—Yo sé cómo era, lo vivía todos los días, Leonardo era mi esposo.

—Claro, lo siento, de nuevo le expreso mis condolencias.

—Gracias, gracias, sí, hasta luego, gracias por llamar.

—Antes de que cuelgue. Quería pedirle algo.

—¿Qué?

—Quisiera pedírselo en persona.

Otra vez Marta se tomó su tiempo para responder y el silencio al otro lado se hizo eterno.

—Puede venir cuando quiera. Aquí va a encontrarme.

Elvia no se lo pensó mucho, de habérselo pensado más probablemente se habría echado para atrás. Pero ahí estaba, en el sistema de trenes que recorre la inmensa megalópolis que forma Chicago desde el sur de Wisconsin hasta el norte de Indiana, la ciudad con sus alrededores unidos en un continuo urbano que en el día a día no importa dónde comienza ni dónde termina, aunque municipalidades y pueblos estén resaltando límites y celebrando hitos geográficos y efemérides con un orgullo digno de mejores causas, porque al final el avasallante nombre y ritmo de la gran ciudad se los engulle y solo queda Chicago de principio a fin.

Sentada viendo por la ventanilla, Elvia quiere distraerse, pero por más vueltas que da su cabeza, siempre termina regresando al momento en que intentó escribir algo parecido a una nota de condolencias para Marta. Su reacción frente al correo en blanco fue física, le repugnó que no le salieran palabras. Jamás le había pasado eso y solo el que yo le hubiera mandado varios mensajes en seguidilla y luego intentara llamarla repetidas veces la salvó de seguir empeorando ante su inesperada falta de elocuencia. Sola en el tren, el cerebro insistía en llevarla por el camino de un nuevo tormento, quería atormentarse, flagelarse por la súbita mudez. Ni siquiera le tranquilizaba un poco el haber sonado bastante sensata y segura cuando llamó a Marta. Tampoco estar en camino a verla, que si las razones de la súbita ausencia de palabras todavía no le estaban del todo claras, mucho menos las de la visita.

"¿Por qué iba a ser? Por malcriada" fue la respuesta de Elvia cuando le pregunté el porqué de su visita a Marta. Quién sabe, quizás en el fondo hubo algo de verdad en lo que me dijo. Pero no podía presentarse ante Marta y decirle que estaba ahí por malcriada, porque no le gustó cómo su jefe estaba manejando la situación, no que se enteraran de la muerte de Leonardo cuatro meses después luego de olvidarse de él tras asignarle el caso a Departamento Legal, sino la reacción de Elvia. Para mí había pasado completamente desapercibido el que Elvia se estuviera cuestionando su manera de actuar, ya no en el caso de Leonardo, era en su desempeño general como Coordinadora de Contenidos del portal que se estaba poniendo en entredicho. "Veamos qué dice Departamento Legal" no era la respuesta que ella esperaba de la empresa y menos de su jefe, aunque bien visto no había mucha diferencia entre ambos, yo era el único contacto real que Elvia tenía con la empresa, era el único que le daba respuestas o le hacía preguntas en nombre de la empresa, la empresa era una entelequia amorfa y si Elvia tuviera que representarla con alguna imagen la mejor manera sería con mi fotografía. Lo más triste de esto es que yo era tan asalariado como ella y así como Leonardo recibió el correo de Departamento Legal, cualquier día, el menos pensado, yo podría recibirlo también.

O ella, sobre todo ella que seguía siendo trabajadora por contrato. No que hiciera mucha diferencia, con la misma facilidad se despide a un empleado regular que a uno contratado y los costos administrativos de sacar al primero del seguro y ofrecerle cancelar sus ahorros de retiro o pasarlos a un nuevo fondo los asume ese agujero negro que suelen ser los departamentos de recursos humanos. Pero del otro lado, el del empleado, los costos de ser contratado y no regular son muy altos, seguro de salud personal o simplemente seguro cero, ahorros cuando se pueda pero siempre listos para que un gasto inesperado se los coma, y la incapacidad de decir no, no a más tareas, no a más horas, no a más responsabilidades, no a los abusos. Elvia trabajaba tanto que estar sentada ahí, frente a los andenes del Metra que la llevaría a los suburbios del suroeste de la ciudad, era una especie de vacación, la aventura más interesante que había tenido desde que comenzó a trabajar en el portal bajo la promesa, incumplida (incumplida por mí, tal como ella lo entendía) de tener beneficios completos, incluyendo quince días anuales de vacaciones, pasados los tres meses; tres meses que se volvieron seis, un año, dos, y ya va para casi tres años y Departamento Legal siempre encuentra excusas y maniobras para mantenerla en estatus de contratada mientras ella languidece frente a su computadora en la sala de su casa o en el café.

Pero la empresa no era el problema que tenía Elvia en esos momentos, era Marta. Pasó un rato en el Loop caminando medio perdida entre una estación y otra del Metra. Luego, tuvo que esperar un largo rato en la segunda estación hasta que el nuevo tren partiera. Y cuando ya estaba montada en el autobús que de la estación del tren dejaría a Elvia a un par de cuadras de la casa de Leonardo todavía estaba preguntándose qué le diría a Marta una vez frente a ella. El recorrido era corto, pero el autobús estaba lleno y no hubo una sola parada donde no se bajaran pasajeros. Ese ritmo entrecortado, sincopado, del autobús, le recordó un poco varios de los textos más cortos del blog de Leonardo. Y ahí entendió por fin qué era lo que quería decirle a Marta, más allá de ponerse ella misma como cara del negocio acéfalo.

Marta tardó en abrir la puerta. Tenía un bebé de poco más de un año en los brazos. Elvia no estaba lista para ese escenario, viuda y huérfano se le mostraron con la obscenidad del melodrama y ella estuvo a punto de darse por vencida. Intentó dar la vuelta y olvidarse del asunto; después de todo, ella no tenía por qué estar ahí, ella hizo lo que tenía que hacer, aplicó el procedimiento estándar, un procedimiento que ha aplicado cientos de veces como le dirá en un rato a Marta, el caso excepcional no la obligaba a nada, a hacer algo distinto, a exigir un cambio de procedimiento, pero no pudo, no pudo huir, no supo dar la media vuelta e irse para siempre.

—¿Todavía quiere pasar?—atacó Marta la indecisión de Elvia.

—Sí, lo siento, no sabía que...

—¿Y qué sabía de Leonardo?

—Nada, ni de Leonardo ni de ninguno de mis colaboradores, por eso estoy aquí.

Marta bajó un poco la guardia y guió a Elvia al pequeño salón donde un sofá, un escritorio y los juguetes y cosas del bebé se peleaban por el espacio. Marta puso al bebé en el suelo frente a un rompecabezas de piezas inmensas y le dio unas galletas, "eso lo distraerá", se sentó frente al escritorio, abrió la *laptop* y le hizo señas a Elvia para que se sentara a su lado.

—No había nadie más ordenado en sus archivos que Leonardo.

En efecto, apenas Elvia le dio un vistazo a la pantalla, el método de Leonardo se le mostró limpio y claro. Supo de inmediato para cuántas publicaciones diferentes había escrito Leonardo y cuáles eran sus proyectos personales. También vio los trabajos especiales, la mayoría libros que escribió para otros; Elvia reconoció varios de los nombres.

—¿Leonardo escribió la autobiografía de Érika Garú?

—Todo lo que vea ahí fue escrito por él.

—Es que, recuerdo haberla leído y me pareció muy honesta.

—Leonardo siempre escribía con total honestidad.

—Claro, pero es la honestidad de otros, no es nada fácil.

—Lo sé, él se enorgullecía de eso, de saber poner en palabras los pensamientos de los demás.

Elvia se quedó pensando un rato sobre lo que acababa de decir Marta, pero no quedó del todo convencida, se le antojaba que ese orgullo no podía ser del todo sincero, tampoco algo que sus clientes agradecieran en demasía. Prefirió no discutir al respecto con la otra: siguió revisando carpetas y abriendo archivos, cada vez más sorprendida por la magnitud de, no supo si llamarla así, la obra de Leonardo.

—Impresionante. Qué productivo era.

—Sí, eso lo mató.

Elvia miró a Marta con expresión de espanto.

—Tuve un embarazo muy complicado, tuve que dejar de trabajar casi desde el tercer mes y él se sobrecargó de trabajo. Texto que podía escribir, lo escribía. Usted sabe como es con los escritores *freelance*.

Elvia, en efecto, sabía muy bien cómo era: pago por palabra o por pieza, si no hay artículo no hay pago, y si dejan de publicarte, por la razón que sea, suele no haber compensación de ningún tipo. Ella sabía mejor que muchos cómo era porque pasó de ser escritora *freelance* a usar *freelancers* como mano de obra principal. El que Marta le recordara que ella sabía cómo era le dolió incluso más que los dardos que le había lanzado en la puerta.

—Estaba escribiendo de todo, sobre cualquier tema, incluso estaba escribiendo como mujer, usando mi nombre, para revistas femeninas. Esa noche, como cualquier otra, me fui a dormir y él seguía sentado frente a la computadora. Cuando bajé en la mañana estaba caído de lado sobre el escritorio en una posición antinatural. De inmediato supe que no estaba dormido.

A Elvia le dio no poca impresión estar viendo la computadora que seguramente estaba prendida en ese momento. Marta se dio cuenta de lo que estaba pasando por la cabeza de Elvia.

—Sí, lo he pensado mucho, tirar el escritorio y salir de la *laptop*, remodelar un poco, pero creo que me sentiría peor, más culpable de lo que ya me siento. Ahora estoy segura de que él sabía que estaba enfermo o muy cansado y nunca me lo dijo—por primera vez en toda la conversación, a Marta le costó continuar—. El día que tuvimos la confirmación en el obstetra, Leonardo compró un seguro de vida. En estos momentos estoy mejor económicamente que cuando Leonardo se deslomaba en la computadora, por eso no quiero deshacerme de ella, no antes de sacar adelante el proyecto que tengo en mente.

Marta esperó a ver si la otra preguntaba, pero Elvia seguía completamente muda.

—Quiero que se publique la obra de Leonardo. De hecho, no las obras completas, él tenía ya algo preparado.

La viuda abrió unas carpetas y llegó a una titulada *La Enciclopedia de todo*.

—Me gustaría que revisara estos archivos y me diera su opinión y ojalá le entusiasme la idea de usted misma encargarse de editar el libro.

Esta vez Elvia sí tuvo que romper su silencio.

—Pero, yo no vine aquí para eso.

—¿Y para qué vino entonces?

—Para decirle en persona lo mal que me siento, tenemos cientos de colaboradores, todas las semanas hay alguno que incumple y el procedimiento estándar es que Departamento Legal se ocupe de esos casos, no tenía ni idea, no me imaginé que algo así hubiera ocurrido, quería ofrecerle mis disculpas por no haber vuelto a pensar en su marido, por no chequear personalmente qué había pasado con él, decirle que su trabajo siempre era muy bueno y que lamento mucho no poder publicar los textos que tenía listos para nosotros.

—Todo eso es lo correcto y habla bien de usted. ¿Vio la cantidad de publicaciones para las que escribía Leonardo? ¿La cantidad de personalidades que lo utilizaron para escribir sus libros? Usted es la única que se ha presentado aquí. Todo lo que me dijo lo pudo haber dicho por correo, pero usted vino hasta aquí. Llévese los archivos y léalos—Y sin saber muy bien cómo ni cuándo sucedió, Elvia salió de la casa con un *pen drive* listo para ser utilizado en el harakiri con que intentaría borrar la vergüenza que sentía de sí misma desde el momento en que se enteró de la muerte de Leonardo.

IV

Cuando recordamos el impacto de ciertas lecturas, solemos olvidar o desestimar la importancia que tiene el azar, que por más que nos preparemos para un libro su contenido permanece oculto hasta leerlo y la forma en que se nos descubre es siempre inesperada. Pero si abrimos el libro que no teníamos pensado abrir, el libro del que quizás nunca habíamos tenido la menor noticia, y pareciera haber sido escrito específicamente para el momento y la persona que somos, entonces esa lectura no nos abandonará nunca y llevaremos su huella en todo lo que leamos a partir de ese momento. Esta lectura, que le llegó de manera tan inesperada, encontró a Elvia desprevenida y por completo indefensa. La pluma hábil y casi genial que había descubierto hacía tan poco, ahora le hablaba sobre temas y preocupaciones que la tocaban profundamente. De pronto, la soledad que la había rodeado desde que llegó a Estados Unidos se le mostraba obscena y hermosa a la vez. Pero sobre todo, vio cómo lo escrito por Leonardo la dejaba en evidencia, le mostraba que su falta de palabras no había comenzado con el correo de Marta sino que siempre estuvo ahí, y eso le hizo mella. Le dolía leer pero no podía apartar la computadora de su regazo. Comenzó a sentirse por completo afortunada, privilegiada de tener ante sí esos archivos y fue justo esa sensación la que encendió sus mecanismos de alarma.

Elvia necesitaba una segunda opinión, aunque no una segunda persona. Después de todo, su criterio era su principal capital y lo único que necesitaba era ponerlo en funcionamiento tras esa primera e impactante, pero sobre todo inesperada, lectura. No podía dejarse llevar por la sorpresa, por la parafernalia de la novedad. Cuando creyó haberse recuperado lo suficiente y su ojo profesional estaba de nuevo afinado, regresó a los archivos y esta vez sí pudo hacer una evaluación menos apasionada.

La enciclopedia de todo era el ambicioso proyecto de un escritor por convertir su trabajo diario en motor y fuente de creación. Artículos sobre cualquier tema daban paso a reflexiones éticas y anécdotas con estructura de cuentos, en una obra que sumando archivos y caracteres debía quedar un poco por debajo de las 300 páginas. Algunos de los pasajes eran bien interesantes, otros un tanto aburridos o en exceso petulantes, incluso había desigualdad en la escritura, se notaba que muchos fragmentos estaban revisados con atención al detalle, otros todavía necesitaban buenas dosis de edición.

Sí, era un proyecto interesante que quizás se habría abierto camino en alguna editorial si el escritor estuviera vivo. En el estado en que se encontraba *La enciclopedia de todo*, una edición post mortem solo se justificaría si el escritor fuera famoso y no era el caso.

Desde el momento en que tocó el timbre de casa de Marta, Elvia supo que la visita había sido un error, pero ahora el error podía volvérsele una auténtica pesadilla porque por más que le daba vueltas a la cabeza no lograba imaginar cómo iba a

SI ME MUERO ABRE ESTOS ARCHIVOS | Luis Alejandro Ordóñez

salirse de semejante situación, aunque lo que tenía que hacer era tan simple como decirle a la viuda que no quería publicar la obra del difunto. Cosa que no era del todo cierta.

A casa de Marta llegó con la idea de ofrecerle publicar los artículos de Leonardo, ya que los consideraba magníficos, no eran de un tema de actualidad por lo que no habían perdido ni perderían vigencia y tras la negativa de Departamento Legal sería una lástima que se quedaran inéditos, pero en su mente no tenía más que una especie de documento digital colgado en un servicio tipo Issuu. La novela era otra cosa, escapaba por completo de su experticia, y además exigía trabajo de edición y de reescritura, ella no estaba para acometer un proyecto así. Pero todas esas explicaciones que se suponía estaba construyendo para dárselas a Marta en realidad eran para ella misma, como si se estuviera convenciendo de que no podía hacerlo, más bien de que no quería.

En el fondo así es como caemos todos en esto de publicar libros. La idea mientras más estrafalaria más difícil de rechazar. Y aquella novela, como su nombre, enciclopedia de todo, pecaba de ambiciosa pero a la vez de obvia: ¿acaso no todas las enciclopedias pretenden ser de todo?, y por eso era tan difícil no imaginársela impresa en mil ejemplares tapa dura. Sin embargo, Elvia amaneció decidida a ponerle fin a su participación en el proyecto de Marta. Su sentimiento de culpa por la forma en que desestimaron el silencio de Leonardo como el típico incumplimiento de un colaborador no era tan profundo como para arrastrarla al proyecto de otro, un otro además que resultaría bien difícil de complacer por estar difunto. El problema, como suele ser tan común, es que el 'no' le parecía insuficiente y decidió explicarlo.

—Es una novela inconclusa. Publicarla tendría sentido si Leonardo hubiera sido un autor famoso. Pero tal como está, esta novela necesita mucho trabajo.

—Sí, yo sé, Leonardo también lo sabía. Por eso estamos abiertos, bueno, él estaba abierto y yo sigo sus recomendaciones, a darle a quien esté dispuesto a terminarla el derecho a firmarla como suya.

Elvia pensó que no había escuchado correctamente.

—Tal como escuchó. Leonardo fue tantas veces escritor fantasma que no tenía duda de que lo único importante era que un buen material estuviera publicado. Y él sabía que su novela era excelente material. Usted también lo sabe, si no no habría dado tantos rodeos para rechazar el proyecto. Pero, si el proyecto es *La enciclopedia de todo*, escrita por Elvia González, ¿le dedicaría el trabajo necesario para terminar la novela? Piénselo.

Y de que se lo pensó, Elvia se lo pensó. Apenas terminó de hablar con Marta ya había comenzado a imaginarse los conflictos y obstáculos que le agregaría a la trama, para que el drama del personaje fuera un poco menos abstracto que su intención de encontrarle hilo conductor a la serie de artículos inconexos que escribía para ganarse la vida. También se vio incorporando un personaje femenino, Marta o ella misma, que le sirviera de contraparte en varios de los temas y las disquisiciones que a veces no eran sino largos monólogos de poca eficiencia dramática. Mientras más se lo pensaba más se daba cuenta de que el esfuerzo era a lo mínimo de coautoría, por lo que la oferta de Leonardo vía Marta tenía sentido y, sin duda, atractivo.

Estaba claro Leonardo de que no había terminado la

novela y si su deseo de que quedara completa era tan grande, no resultaba tan extraño que estuviera dispuesto a ceder la autoría, sobre todo porque la coautoría también era opción y una opción con posibilidades comerciales: una novela que un autor completa por encargo tras la muerte de su escritor original; Elvia pudo ver a varias editoriales interesadas en promocionar semejante empresa. Quizás con un par de días más para caerse a almohadazos Elvia habría aceptado por completo convencida y bajo sus propias condiciones, pero no tuvo dos días, tenía que reincorporarse al trabajo y por si fuera poco Marta estaba desesperada. Al revisar su correo del portal digital encontró el mensaje de Marta.

De: Marta
Para: Elvia González
Fecha: 12 de octubre
Asunto: Lo que pensaba Leonardo
Querida Elvia, espero que mi oferta te haya sido atractiva y estés pensando en aceptar el proyecto de completar la obra de Leonardo. Pero creo que debes conocer por ti misma la opinión de Leonardo al respecto. Él se estaba imaginando lo peor y me dejó una serie de instrucciones si sucedía lo que sucedió. Aquí escaneé una página donde de su puño y letra propone darle el crédito de autor a quien se encargara de terminar la novela.

Elvia tardó en decidirse a descargar y abrir el archivo de imagen, un poco fastidiada de que esta situación hubiese invadido de tal manera su vida. Ella entendía la urgencia de Marta, su necesidad de cumplir el deseo del marido muerto, pero desde el punto de vista de la esposa solo fue una casualidad que ella se presentara en aquella casa. ¿Leonardo no tenía amigos? Algún escritor cercano que le conociera, que le hubiera leído algún fragmento y que estaría dispuesto a concluir la obra de su amigo. ¿Elvia era lo más cercano que tenía Leonardo para continuar con su proyecto? Además, ¿quién le dijo a Marta que Elvia podía ser una buena escritora fantasma? ¿Cómo se sabe eso, cómo se intuye? ¿Se busca a un escritor eficiente pero poco ambicioso, a uno creativo pero con poca determinación, o a uno del que no se sospeche que pudiera robarse la idea de la obra? Esas dudas se volvieron más acuciosas tras leer la página que Marta le envió y que reproduzco a continuación:

pensado mucho y esto fue lo que se me ocurrió. Hay dos tipos de autobiografías: las incompletas y las inconclusas. Sin duda, La enciclopedia de todo caerá en la segunda categoría, pero yo quisiera que el libro quedara lo más acabado posible. Si no soy yo, que alguien más lo haga. Por favor, Marta, no te eches para atrás cuando alguien te diga que hace falta mucho trabajo para terminar la novela. Si te dicen eso, ofréceles la autoría. Marta, yo he sido tantas veces escritor fantasma que sé muy bien que el nombre del autor no hace mella en el placer de ver publicado lo escrito por uno. Y esta novela puede ser grande, una obra de arte, si no la logro terminar daría cualquier cosa por verla publicada, incluso mi nombre. No creas que no he pensado en ti y en Vladimir

El hecho de que Leonardo estuviera tan seguro de que no podría terminar su obra le daba un tono completamente distinto a todo lo que había sucedido desde que Elvia recibió el primer correo de Marta. Algo turbio había en todo esto, no dejaba de pensar Elvia. Por eso, y aprovechando que ya estaba conectada a la red del portal preparando su reincorporación del día siguiente, decidió escribirme apelando a la amistad.

José Pablo, te necesito,
necesito al viejo José Pablo

V

No hay diferencias entre el viejo José Pablo y yo, lo que hay es cambio de funciones. Cuando supe que Elvia estaba en Estados Unidos de inmediato la contacté, a sabiendas de que sería una candidata perfecta para trabajar en el portal. A Elvia la conocía desde los años de universidad y por momentos fuimos amigos muy cercanos. La graduación y los ritmos normales de la vida hicieron que nos distanciáramos un poco, aunque el círculo de amistades y sobre todo de plazas laborales era lo suficientemente pequeño como para que coincidiéramos con frecuencia, hasta el momento en que yo le dije basta al país y me vine a Miami. Viviendo aquí aprendí a evadir el más delicado de los temas: el estatus legal de cada quien, estamos los que estamos, el que llega llega y el que se va se fue, no necesitamos detalles a menos de que la otra persona quiera compartir algo sobre su viaje, su paso iniciático a la tierra no tanto prometida sino mejor que la que tengo. Por eso, cuando le escribí y tuve que preguntarle por su estatus laboral, me conformé con su escueto 'está en trámite' y le dije que yo esperaba por ella, sin muchas esperanzas de que el trámite se resolviera en el futuro inmediato. Para mi sorpresa, no pasó mucho tiempo y pude contratarla con la misma oferta que había elaborado para ella.

Era ahí donde debí preguntarle, hablar del presente y del pasado que la trajo hasta aquí. Es probable que una conversación incómoda o unas preguntas impertinentes no habrían hecho mella en nada de lo que vendría, pero de cara al futuro habrían podido servir de puente hacia la empatía. Me conformé con su silencio, con su propia espera sin explicaciones y ni siquiera con adjetivos. ¿Estaba emocionada con la idea del empleo? ¿Tenía miedo debido a su nueva condición de inmigrante? Quizás empezar por mí, yo cuando estuve en tu situación no podía dormir y en la calle creía que todo el mundo estaba viéndome. Preguntas y comentarios simples que no hice y que ella tampoco trajo a colación. Ahora sé que debimos hacerlos.

Evadir el tema jugó en nuestra contra, o mejor dicho, la forma que encontramos para no hablar de su viaje o del mío resultó una pésima estrategia. Nos tratamos como si hubiéramos sido los mismos de la universidad, pero habíamos cambiado para bien y para mal mientras la visión que teníamos uno del otro, y sobre todo la que ella tenía de mí en la universidad, se conservó fuerte y destructora. Desde el principio ella no supo verme como jefe, es que nunca se imaginó que alguna vez estaríamos en una posición donde yo le daría órdenes y ella tuviera que cumplirlas. Ahora sé que aunque éramos amigos, siempre me desdeñó un poco como profesional, pero no pensó que trabajando para mí ese desdén se le volvería una afrenta personal cada vez que cuestionaba mis decisiones—y las cuestionaba todas. Nuestra relación personal se deterioró hasta el punto de que evitábamos en todo lo posible cualquier tipo de interacción, cosa difícil porque yo soy su supervisor directo. Hablar con ella, pedirle algo, exigirle, se me convirtió en un ejercicio de resistencia y autocontrol; más de una vez estuve a punto de despedirla, pero es buena, muy buena en lo que hace, tan buena que siendo coordinadora regional le creamos el cargo de Coordinadora de Contenidos y pasó a ser una especie de coordinadora de coordinadores conservando sus antiguas funciones, mientras yo terminé jugando el mismo juego: mantenerla ahí a pesar de una rebeldía que yo solía llamar malcriadez y terminé creyéndomelo como mecanismo de defensa, porque sus argumentos y contrargumentos las más de las veces estaban en lo correcto y sus fallos eran siempre menores frente a los míos. Eso no me impedía negarle la razón para luego terminar haciendo lo que ella había dicho, cosa que la irritaba mucho más que el hecho de que le diera órdenes desde mis limitaciones. En el fondo ella quería que la despidiera y yo quería que ella renunciara, para que al final alguno de los dos pudiera decir lo poco profesional que siempre fue el otro.

Por eso, cuando apeló a la vieja amistad supe de inmediato que se trataba de algo grave. Elvia me explicó todo lo que hizo desde que le di el permiso no solicitado. No quise opinar, no quise juzgar, tampoco quería estar curioso, pero opiné, juzgué y terminé con los archivos de *La enciclopedia de todo* en mi computadora, abriéndolos y leyéndolos uno por uno hasta que los leí todos. Entendí por qué Elvia estaba teniendo problemas para decir que no y yo mismo me sentí bastante conmovido por la lectura. Después de todo, aunque nunca en toda mi carrera profesional me planteé la posibilidad de escribir algo más allá de lo que mis labores me exigían, yo también había transitado por un camino parecido. Fueron muchos los artículos, las notas, los reportajes que acumulé en mi disco duro antes de dar el salto a lo que veía como mejores destinos profesionales, y lo fueron, pero también vinieron acompañados del vacío de no poder mostrar algo realmente propio, una obra que de verdad considerara mía, a pesar de haber escrito cientos y cientos de textos, miles y miles de palabras. El proyecto de Leonardo estaba lleno de ese vacío, lo retrataba a la perfección, lo mostraba pleno de amargura y belleza, lo cual lo hacía tan duro para lectores como Elvia y como yo. Entonces cometí el mismo error que Elvia: pensé en cómo yo terminaría el proyecto y me imaginé la novela casi una obra de arte.

Eso sí, Elvia, cuando la novela
esté lista me dejas a mí contar
la historia del escritor que sabe
que está pronto a morir y decide
 dejarle a otro el encargo de
terminar su obra maestra

Y aún poniéndolo así,
¿no te parece ni
un poquito sospechoso?

Lo sospechoso es parte
de la historia

No somos la historia

Y recordé a la Elvia de la universidad con sus dilemas sobre la objetividad y la distancia que tiene que mantener el reportero. Esa objetividad y distancia la llevó a mostrar eficiencia y destellos de maestría a la hora de lidiar con temas de la vida que necesitaban de una mirada fría, muy fría, para sobreponerse a la crueldad que había detrás de cada pregunta, de cada testimonio, de cada contraste y corroboración de fuentes, de cada entrada y cada cierre. Esa objetividad y distancia fue la que siempre le impidió escribir sus opiniones, sus pareceres y al final lo que la salvó de involucrarse en situaciones que la expondrían demasiado a dolores ajenos, a dramas que no eran suyos y que por ello escapaban por completo de su control. Escribir es estar en control, ser parte de lo escrito es ceder ese control y volverse vulnerable. No sé cuándo ni por qué construyó ese lema; "no somos la historia" significaba para ella que tenía el control y que no quería correr el riesgo de perderlo. Pero ya lo había perdido desde antes de que me reenviara el correo de Marta y no supo darse cuenta de ello hasta que ya era demasiado tarde.

Elvia no recuerda exactamente en qué momento dio el sí definitivo, ni siquiera cuándo quedó del todo convencida de que continuaría la novela de Leonardo. Si se lo pregunta alguien de confianza, dirá sin pestañear que yo la presioné para que aceptara, cosa que no es del todo mentira pero por cuestiones de simetría tampoco del todo cierta: la presioné para que tomara la decisión, fuera positiva o negativa; en el fondo ambos siempre supimos que tarde o temprano aceptaría y yo necesitaba que su cabeza volviera a enfocarse en el trabajo; para ello, escribir la novela tenía que incorporarse a su rutina diaria. Mientras tuviera dudas, disquisiciones filosóficas o simples remordimientos tampoco podía rendir en el trabajo y eso a mí sí me correspondía ponerle coto.

Pero quizá sí la presioné demasiado, no estaba lista para tomar la decisión y cuando habló con Marta no supo poner ningún término. La otra le regaló el crédito completo de la novela a cambio de finalizarla. Elvia creyó tener completa libertad creativa, y la tuvo. El problema era la exclusividad, cosa que nunca se le pasó por la cabeza, ni a mí tampoco.

VI

Era su jefe, por eso también pude ser su cómplice, que ella no estaba segura de que estuviera haciendo lo correcto. ¿Plagio? ¿Fraude? ¿Autoengaño? Con cada palabra agregada y cada frase modificada se hacía las mismas preguntas, los mismos reclamos. De inmediato me daba cuenta de que había estado trabajando en *La enciclopedia de todo* porque sus labores en el portal de noticias se resentían. Entonces me tocaba una extraña sesión de motivación. Extraña porque simplemente le preguntaba cómo iba la novela y ella se descargaba, insultándome de todas las maneras posibles y luego disculpándose por haberme dicho cosas que no podría entender.

Al final, su problema conmigo era el mismo que tenía consigo misma. Se cuestionaba y me cuestionaba nuestra condición de creadores. En el portal, su trabajo era principalmente asignar temas casi todos fusilados de tendencias y listas de popularidad, y escribir los que no podía asignar. El que su trabajo más creativo de los últimos años fuera el de escritora fantasma de un escritor muerto la hería en el poco orgullo que le quedaba. Lo digo tal como ella me lo dijo una vez:

Me queda muy poco
orgullo, ¿sabes? No creo
que pueda aguantar
hasta el final

No tienes que aguantar hasta
el final, ya Leonardo lo escribió

Eres un imbécil

Así solían ser nuestros intercambios justo después de que ella escribía. Y así pasaron unos ocho meses desde aquel día en que visitó a Marta y se fue de su casa con el más inesperado de los encargos.

La enciclopedia de todo terminó siendo un libro de 350 páginas. La historia no varió mucho: un escritor de contenidos freelance intenta convertir todo lo que escribe en parte de su proyecto creativo, incorporando artículos; notas de prensa; reseñas y críticas de cine, televisión y teatro; crónicas sociales y de eventos; perfiles de redes sociales; biografías y currículos; horóscopos y hasta recomendaciones de apuestas deportivas en un recorrido autobiográfico donde cada nuevo encargo dispara un conflicto del presente, del pasado o del futuro, como si el trabajo a destajo se le hubiera convertido en una especie de lectura por completo acertada de la fortuna.

Yo, para ser sincero, le habría podido quitar unas 50 páginas a la novela. Cuando contacté a quien sería la futura editora de *La enciclopedia de todo* le dije eso, que quizás al libro le sobraban algunas páginas, pero Morelia Plaza no pensó lo mismo, la novela le pareció que estaba lista tal como estaba. Llamé a Elvia para darle las buenas noticias de que tenía editorial.

—¿Y qué le digo?

—¿Cómo que qué le dices?

—Tú sabes de qué estoy hablando.

—No, no sé, a mí me quedó muy claro el trato: la autora de la novela eres tú, sin ti no habría publicación, ni siquiera habría novela. ¿Por qué todavía dudas de ello? Abre una botella de vino y celébrate, te lo mereces.

No creo que Elvia se haya autocelebrado. Pero entre ella y Morelia las cosas fluyeron con facilidad. Firmaron contrato y Elvia le dio el visto bueno sin casi objeciones a la portada y a las galeradas. El libro ya estaba en la imprenta y en la editorial habían hecho planes importantes para él: una presentación en la librería Books & Books de Miami, con invitados de la cultura y la farándula y lanzamiento simultáneo en España, México, Colombia y Argentina, claro que vía Amazon y otras librerías en línea.

Debo decir que estaba contento por Elvia, se merecía semejante éxito aunque la historia que estaba a punto de catapultarla le hubiera llegado de una manera tan peculiar. Algo así necesitaba para vencer ese temor suyo a las palabras faltantes, a ser la historia, a contar lo que le venía desde adentro, a ser omnisciente aunque utilizara terceras o primeras personas para ocultarse, a no preguntar sino simplemente decir. Pero la alegría me duraría muy poco.

Unos días antes del lanzamiento, con el libro ya distribuido a medios y formadores de opinión, llegó a mi oficina el otro libro con la correspondiente invitación para el bautizo. El título me gustó: *Los métodos del caos*. Lo firmaba Álvaro Fernández, director de una página web de análisis político cuya sede también estaba en Miami, otro venezolano que se mudó a

Estados Unidos haciendo todo lo posible por no reconocer su condición de refugiado, sin saber que refugiado es tanto el que se va huyendo como el que siente que no puede regresar. Recién llegado él, hablamos varias veces gracias a amistades en común y nos tratamos cada vez con cordialidad y simpatía, pero aquello no evolucionó más allá de volverse un nuevo contacto en Facebook y de seguir encontrándonos con cierta frecuencia en eventos y reuniones, dada la doble afinidad de nacionalidad y desempeño profesional. "No sabía que Álvaro escribía ficción" recuerdo que pensé. Entonces ojeé contratapa y solapa y de inmediato supe lo que encontraría en el interior.

Claro que los desvaríos y dramas del escritor cambiaban un poco, pero la misma trama, la misma estructura y los mismos escritos por encargo delataban que Álvaro había recibido la misma oferta que Elvia. Y, por supuesto, que también la aceptó.

Lo primero que hice fue guglear el título del libro y pude leer un par de notas de prensa sobre el inminente lanzamiento de la primera novela de Álvaro, catalogada como un sorpresivo y brillante debut literario, aunque la condición de Álvaro de columnista de ambos periódicos delataban quién había sido responsable de las notas. Luego llamé a Morelia reclamándole algo que no se entendió muy bien pero que al final pareció ser la falta de protección ante el espionaje editorial.

—Imprimo por demanda, vendo por Amazon y todos mis libros han dado pérdidas, José Pablo, ¿de verdad tú crees que estoy pendiente de si otros editores están plagiándome?

Aunque el plagio, en este caso, era una trama un poco más compleja. En un par de ocasiones Elvia me dijo que quería hablar con Morelia sobre el origen de la novela, a esas alturas era ya una cosa completamente suya y yo le dije que hiciera lo que creyera era lo mejor, pero de mi conversación con Morelia me quedó claro que ella no sabía que Elvia comenzó a escribir la novela a partir de cierto punto. No era el momento ni yo la persona para confesárselo, pero le pedí sin mayores explicaciones que no hiciera nada hasta que yo hablara con Álvaro y con Elvia. Decidí hablar primero con el autor de *Los métodos del caos*.

—José Pablo, gracias por llamar. Recibiste el libro, ¿verdad?

—Álvaro, lo recibí y tenemos un problema.

—Serás el único que le va a dar una crítica negativa.

—Ojalá ese fuera el problema.

Le mencioné a Leonardo y cómo la historia de *Los métodos del caos* había llegado a sus manos y luego de un largo silencio me preguntó cómo me había enterado.

—De la peor manera posible. En unos días se va a presentar el mismo libro, otro nombre, otra escritora, pero el mismo libro. La esposa de Leonardo le regaló la obra de su marido a dos escritores, quién sabe si a otros más.

Quedé con Álvaro en cuadrar una reunión con él, su editor, Elvia y Morelia para que pudieran elaborar una estrategia conjunta. Pero antes tenía que hablar con Elvia.

Tengo una noticia que no sé cómo darte

Dámela

Prefiero llamarte

¿Tan mala es?

Es bien delicada

Bueno, llámame

—Es sobre tu libro...

—Dímelo de una vez.

—Marta, al parecer, hizo otro trato igual. Hay dos libros iguales—Estaba listo para que Elvia tardara en responder, pero no para un silencio tan largo—¡Elvia! ¿Sigues ahí?

—Aquí sigo.

—¿Qué quieres que haga? ¿En qué puedo serte útil?

—Te dije que había algo sospechoso, te lo dije varias veces.

—Sí, lo sé, lo siento.

—No, lo siento yo.

Elvia colgó y decidí que lo mejor era que Morelia manejara el asunto a partir de ahí. La volví a llamar y le conté toda la historia, le dije que tanto Elvia como Álvaro, y probablemente también el editor de Álvaro, ya estaban al tanto del asunto y que Álvaro parecía dispuesto a enfrentar la situación en conjunto.

—Esto no me gusta nada, José Pablo. Elvia es un fraude, no sé si pueda dar la cara por ella.

—La darás cuando *La enciclopedia de todo* se convierta en tu primer éxito de ventas.

No sé de dónde me salió ese último pensamiento, pero de pronto estuve seguro de que la trama que ideó Leonardo incluía convertirse en un éxito de ventas pues aunque estaba muy convencido de la calidad de su novela inconclusa, otra cosa era ser un *best seller*. Por eso planificó el escándalo que le asegurara las ventas. Claro que eso tendría que confirmarlo Marta, si alguna vez podía llegar a preguntárselo.

VII

Álvaro no había perdido la esperanza de que se tratara de dos historias diferentes cuando comenzó a leer *La enciclopedia de todo*. Los escritores se repiten, por qué no Leonardo, se dijo a sí mismo varias veces en esas insoportables horas entre que conversó con su editor y Morelia les prometió enviarles un par de ejemplares del libro de Elvia, porque él, siempre tan inseguro de la lectura en pantalla, se negó a revisar el PDF que tuvo apenas su editor contactó a Morelia. Pero no había ninguna duda. La base de ambos libros era la misma, Marta en efecto los había engañado y Álvaro se sintió tan estúpido que estuvo a punto de arrojar su *laptop* por el balcón justo detrás de *La enciclopedia de todo* y de las copias que tenía en su casa de *Los métodos del caos*. Por suerte, su balcón daba a la parte de atrás del pequeño edificio de apartamentos donde vive en North Beach, y a esa hora no solía haber nadie deambulando por lo que más que un jardín era un terreno baldío.

Arrepentido, Álvaro bajó a recoger los libros. Después de todo, eran suyos, tanto o más que de Leonardo. Mucho más. Sin él *Los métodos del caos* no sería una novela publicada y estaba dispuesto a defenderla al punto incluso de negar cualquier participación del escritor fantasma. Nunca mejor dicho, porque eso era Leonardo para él, un auténtico fantasma.

Cuando Álvaro intentó contactar a Leonardo para encargarle unos artículos para su sitio web, Politicanalistas. com, solo tenía de él un par de buenas referencias de amigos editores. Recibió de vuelta un correo de Marta, explicándole la indisposición de Leonardo y ofreciéndole en cambio el proyecto de *Los métodos del caos*.

Leonardo está en búsqueda de un escritor que lo ayude a terminar la novela, pero no lo hemos encontrado. Aquí le envío los archivos del proyecto a ver si usted puede recomendarnos a alguien.

Y Álvaro mordió el anzuelo. Con curiosidad abrió los archivos, comenzó a leer y aquellas palabras tuvieron el mismo efecto que en los lectores previos. Álvaro estaba hecho del mismo material que Elvia y yo y por eso las palabras de Leonardo le hablaron de manera directa. En esa primera lectura, Álvaro llegó incluso a pensar que con un proyecto así valdría la pena ampliar el rango de su plataforma editorial. Como editor en potencia supo ver que la novela necesitaba trabajo, pero el grueso de la historia estaba ahí.

A pesar de que Álvaro se devoró los archivos enviados, tardó en responderle de vuelta a Marta debido a que escribirle estaba bastante abajo en su lista de prioridades; justo lo que necesitaba Marta. Cuando por fin Álvaro le escribió diciéndole que le veía buenas posibilidades a la novela y que con gusto les ayudaría a conseguir el escritor idóneo para trabajar con Leonardo, Marta se tomó varias semanas para responder y lo hizo diciéndole que lamentablemente Leonardo había fallecido. Con la terrible nueva, el proyecto había cambiado de objetivo, pues ahora el escritor tendría que terminar por sí solo la novela de Leonardo.

Entiendo que esto es un encargo mucho más delicado, por eso estoy dispuesta, y tuve el expreso consentimiento de Leonardo, de ofrecerle el crédito completo al escritor que finalice la novela.

Lo que no se perdona Álvaro es lo barata que resultó su vanidad. Apenas terminó de leer el correo de Marta se vio a sí mismo como autor de *Los métodos del caos* y de ahí solo se necesitaba un mínimo paso para comenzar a construir tramas, giros y personajes que le dieran forma final a la novela.

Claro que la oferta de Marta no fue un volante entregado en la esquina. Cuando Álvaro abrió su primer blog siempre pensó que estaba comenzando su carrera como escritor. Desde esa plataforma se daría a conocer y a través de ella le llegarían propuestas editoriales de toda índole. Aquello no sucedió, aunque por lo menos sí pudo dar el salto de la bitácora personal al sitio web temático que manejaba ahora y que luego de varios años de trabajo le había generado cierto prestigio como analista de la realidad política de Estados Unidos y América Latina. Pero el correo de Marta le mostró que el viejo anhelo seguía latiendo con fuerza.

Álvaro viajó a Chicago para discutir en profundidad con Marta los detalles del proyecto y para revisar un poco más del trabajo de Leonardo, que si aceptaba continuar con la novela querría conservar lo más posible el espíritu original de la misma; claro que esa parte no se la comentó a Marta, pues daría a entender que estaba ya decidido a aceptar y eso lo debilitaría de cara a cualquier negociación.

Sin embargo, no hubo negociación. Marta le mostró todos los archivos que podrían servirle a Álvaro para continuar con el proyecto y básicamente le regaló la novela. Él no supo cómo reaccionar ante tal escenario y ni siquiera pudo ofrecerle a la viuda un prefacio que explicara el origen del proyecto. Cuando salió de casa de Marta fue a un café y se sentó unas dos horas a reflexionar sobre lo ocurrido. Pero nunca sospechó de la buena voluntad de Marta y Leonardo. No lo hizo porque buena parte de esas dos horas se las pasó pensando en la novela, en cómo la continuaría y, eventualmente, la concluiría.

Ahora que la tiene en sus manos repetidas veces en los volúmenes que tuvo que recoger en el jardín, Álvaro comprendió que solo había alguien con quien podía hablar de la situación teniendo cierta expectativa de que lo comprendiera.

Buscó en los correos que intercambiaron frenéticamente John Salas, su editor, y la editora de *La enciclopedia de todo* con copia a ambos escritores y le escribió un escueto mensaje a Elvia.

Creo que no hay nadie más con quien podría desahogarme y quizás estés pensando lo mismo. Quisiera que nos reuniéramos, ¿dónde vives?

Y como si el destino estuviera jugando con él, ahí estaba Álvaro tomando de nuevo un avión para Chicago para hablar sobre *Los métodos del caos*.

VIII

Álvaro nunca se acostumbrará a ciertas cosas, como que ya nadie compre discos y que la gente se cite en supermercados. Pero cuando se bajó en el Whole Foods de Wilmette entendió por qué Elvia estaba obsesionada con el lugar. "Veámonos en el Whole Foods, estoy obsesionada con ese lugar", le dijo cuando Álvaro la llamó para avisarle que ya estaba en Chicago. Había llegado la noche anterior y se alojó en un hotel de la zona de Lakeview, muy cerca de la intersección entre las calles Belmont y Halsted. Aunque no era tan tarde cuando recibió la habitación, su vuelta por los alrededores fue un tanto infructuosa, no había mayor ambiente en la zona, los bares ya estaban cerrados y regresó antes de la medianoche a su habitación, algo desencantado.

En la mañana fue al paseo a orillas del lago y pudo hacer un poco de ejercicio, llamó a Elvia y confirmado el encuentro volvió al hotel, se arregló y revisó cuál sería la mejor manera de llegar al supermercado. Si tomaba el L tendría que realizar una caminata de veinte minutos desde la estación Central de la Línea Púrpura, pero le gustó la idea de hacerlo así, el clima estaba agradable y en Miami no eran muchas las oportunidades de ir a un compromiso en transporte público.

En el Whole Foods se sorprendió con las pequeñas

diferencias que volvían la experiencia toda una novedad. Por supuesto ya conocía Whole Foods, había estado en varios, compraba con frecuencia en ellos, pero las dimensiones del lugar, el esplendor de lo recién estrenado y sobre todo el lujo dosificado, suficiente para sentir que uno compra vegetales en un lugar exclusivo, aunque no demasiado como para que los vegetales fueran impagables, por momentos hizo que se sintiera como recién llegado a Estados Unidos. La verdad, esa era una sensación frecuente, cualquier pequeño detalle podía dispararle la nostalgia y sentir que apenas ayer había salido del país por esa vía de escape camuflada en estudios de postgrado pero con la mente puesta desde el principio en la meta: quedarse, no volver, hacer la vida que creía podía hacer y que de pronto, incluso en los pasillos de un automercado, parecía no haberla logrado. Le escribió a Elvia.

Llegué, ¿y tú?

> También. Ya estoy en el bar

Yo también pero no te veo

> Debes estar en el Beer
> Bar, yo estoy en el Wine Bar

Definitivamente, Álvaro se sintió un recién llegado a pesar de que ya tenía diez años de haber salido de Venezuela.

—Mucho gusto, Elvia, un placer conocerte, a pesar de las circunstancias.

—Sin las circunstancias no nos hubiéramos conocido, así que no pensemos en ello.

Le gustó la agresiva sinceridad de Elvia, no era un encuentro placentero, por qué pretender lo contrario o intentar mostrar una cordialidad que tal vez sea imposible que surja entre ambos. Pero no fue para pelear, todo lo contrario, que Álvaro tomó el avión hasta Chicago y el L hasta Wilmette.

—Entonces mejor no te digo todavía que te traje un ejemplar de *Los métodos del caos*, con dedicatoria y todo.

Elvia se le quedó mirando fijamente por un par de segundos y soltó una carcajada. Él estaba en lo cierto, solo ella podía entender cómo se estaba sintiendo él en estos momentos, y viceversa. Tenían que estar juntos, aliarse, o por lo menos no enfrentarse como si la culpa de lo que le estaba pasando a uno fuera del otro.

—Me cuesta mucho hablar de esto—dijo Elvia ya con la guardia más baja.

—A mí también. Por eso quería hablar contigo, a ti no tengo que explicarte lo que pasó.

—¿Qué le viste al libro de Leonardo?

—Buena pregunta. Creo que me vi a mí mismo. No sé, pensé que yo hubiera podido haber escrito eso.

—Pero mejor.

—Pero mejor.

Siguió un largo silencio que Elvia rompió para preguntarle a Álvaro por qué no estaba bebiendo algo. Él se paró y fue a pedir una copa de vino y luego le devolvió la pregunta a Elvia pero respecto de la comida. Ella no solía almorzar. Él fue a la barra de pizzas y pidió dos rebanadas.

—Se siente raro esto de tomar vino y comer pizza en el supermercado.

—Raro pero bien.

—Supongo.

Elvia pensaba dejar que Álvaro comiera tranquilo antes de volver a tocar el tema de los dos libros, pero él se adelantó y entre trago y mordisco lanzó una nueva pregunta:

—¿Cómo te convenció Marta?

—No me convenció, dio por descontado que había aceptado su propuesta.

—Y empezaste a escribir casi por no dejar.

—Porque no tenía ningún proyecto propio en ese momento y no me gustaba lo que estaba haciendo en el trabajo.

—Luego ya para qué detenerse.

—¿Te gustó tu novela?

—Sí, hasta que leí la tuya. No me malentiendas, lo digo con admiración, y con envidia. *La enciclopedia de todo* me parece muy superior a *Los métodos del caos*.

—A mí me cuesta diferenciarlas.

—¿En serio?

—De verdad. Ahora creo que la novela estaba lista y ambos nos engañamos creyendo que nuestro aporte sería algo más que cosmético.

—No estoy de acuerdo e insisto en mi envidia por tu versión. No es una envidia cosmética.

—¿Estás dispuesto a defender cada palabra de tu libro? ¿A explicarlas?

Álvaro quedó por completo convencido de su ingenuidad y de su estupidez al darse cuenta de que la pregunta era fundamental y nunca le había pasado por la cabeza. Sí, supuso que estaba dispuesto a defender cada palabra del libro, a explicarlas, eso antes de que apareciera el otro. Ahora no sabía si sería capaz. Y esa era la clave del dilema que tanto él como Elvia estaban enfrentando.

—Yo creía que sí iba a poder. Pero incluso antes de que nos enteráramos de la jugada de Marta ya estaba convencida de que no. Me engañé a mí misma. Sabes, lo he hecho tantas veces, dar la cara por textos ajenos en los que no creo que me pareció un buen cambio y de paso ponerle mi firma. Y por mucho tiempo, mientras más me metía en la novela y más escribía, creí que en efecto estaba volviendo mías todas esas palabras, pero era todo lo contrario. Cuando vi la primera galerada ni siquiera reconocí lo que yo había escrito y el conjunto me pareció por completo falso.

—Si me permites mi opinión, creo que lo que estás sintiendo va más allá de *La enciclopedia de todo* y *Los métodos del caos*.

—Seguramente, pero los libros no ayudan.

—Antes de ayer lancé todos los ejemplares por la ventana.

—¿En serio?

—Luego fui y los recogí, porque a pesar de todo lo que ha pasado y de que mi libro palidece ante *La enciclopedia...*, no pongas esa cara, ya es la tercera vez que te lo digo...

—Te faltan 997.

—... le tengo cariño a mi librito, me gusta como quedó, como se lee.

—Se lee bien.

—¡Un elogio! Este es el momento de hacerte entrega del ejemplar de *Los métodos del caos* y de pedirte, disculpa el aspecto, también lo lancé por la ventana.

—Ahora te envidio yo.

—Dedícamelo.

Y sin pensarlo mucho, Elvia tomó el libro que Álvaro acababa de obsequiarle y letra por letra, palabra por palabra, copió la misma dedicatoria en el ejemplar de *La enciclopedia de todo*. A Álvaro el detalle le pareció el comienzo de una gran amistad.

—Quiero pasar la tarde en el *Millenium Park*, ¿te gustaría acompañarme?

—Gracias, pero no. No estoy para multitudes.

—Entonces déjame pedir otro vino, todavía tenemos que decidir si vamos a hacer frente común en la reunión con Salas y Plaza.

IX

La reunión entre Morelia Plaza, John Salas, Álvaro y Elvia se dio vía Skype, dado que ninguno de los asistentes vivía en la misma ciudad y la situación era urgente. Morelia y John comenzaron diciendo que se sentían engañados.

—Las novelas son buenas, muy buenas—dijo John—y de haber conocido su origen probablemente yo igual hubiera aceptado publicarlas, cualquiera de las dos.

—¿Por qué no nos dijeron nada?—preguntó Morelia.

—Fuimos engañados en nuestra buena voluntad. Pueden ver los archivos que recibí y que supongo recibió Álvaro. Ahí no encontrarán una novela, no la había. Y si dejan de enfocarse en las similitudes entre ambos textos, concentrándose en las diferencias, verán todo el trabajo que llevó convertir en novela los fragmentos inconexos que dejó Leonardo. No sé por qué actuó Álvaro, solo hablo por mí, pero en la petición de Marta y del propio Leonardo yo vi un honesto deseo por ver finalizada una obra que se quedó a medio camino. Y quise participar de ello.

Álvaro coincidió en que los textos eran distintos como lo eran dos pinturas de artistas diferentes sobre el mismo modelo.

—Lo único que pone en tela de juicio mi autoría sobre *Los métodos del caos* es *La enciclopedia de todo*, esa es la verdad.

Por favor, no nos ahoguemos en *telodijes* y *notelodijes*, las explicaciones las tiene que dar otra persona.

Los editores fueron bajando la guardia en la medida que la conversación continuaba. Luego pasaron a las posibles acciones a ejecutar y ahí cualquier beligerancia se convirtió en optimismo.

—Daños hay todavía pocos—dijo Morelia—. Yo soy una imprenta por demanda. Los libros que se han impreso igual eran para repartirlos entre lectores clave y de cortesía.

—Mi primera edición ya está en distribución a la espera del bautizo para que las copias se coloquen en los estantes— explicó John—, mis cálculos eran que las devoluciones serían las de costumbre.

—Y si los libros llegaran a venderse, entonces el daño sería menor o inexistente—continuó Morelia. La editora de *La enciclopedia de todo* comentó lo que yo le dije sobre las ventas y asumieron que tenía un plan en mente. Por eso me llamaron y me incorporaron a la reunión.

—No, no tengo un plan. No son mis editoriales. Solo tengo una presunción y es que la venta de uno de los libros impulsará la venta del otro.

Así llegaron a la conclusión de que todo seguiría sobre la marcha, pero exponiendo con claridad la semejanza entre ambos libros. Mientras, yo quedé con la misión de mediar entre los editores y Marta, que ese frente exigía al menos explicaciones, pero llegaron a la conclusión que había mayores oportunidades de éxito si alguien en carácter de emisario hablaba con ella— quién mejor que yo, arguyeron los editores, que estaba bien al tanto de todo el asunto—y así terminó la teleconferencia.

Cómo estás disfrutando

con todo esto

¿Por qué lo dices?

No sé, llegando y diciendo
qué hacer, salvando reputaciones,
mediando entre partes,
demasiados aires de
importancia como para que
no lo estés disfrutando

Bueno Elvia, si no quieres
que continúe no lo hago, total,
mi nombre no está en ninguna
de las dos novelas

Aunque insististe bastante
en que el mío sí estuviera

¿Pero soy o no soy responsable?
Porque si lo soy, no veo nada de
malo en ayudar a enderezar
el entuerto. Y lo hago por dármelas
de importante, sí, porque no es
que nadie haya hablado de darme
alguna compensación
por mis servicios

Sería el colmo que
además te pagaran

Ay, olvídalo Elvia, no tienes remedio

Pagarme, por lo menos me pagaron el pasaje a Chicago en un intento desesperado e inútil de sacar algo más de información de Marta, como si esa explicación pudiera cambiar alguno de los libros para que no fueran el calco uno del otro.

X

Por supuesto que para ver a Marta tuve que insistir bastante, casi casi amenazarla con que me presentaría en su casa con abogados y la visita no sería para nada amigable, que las dos editoriales estaban solo a la espera del resultado de mis diligencias para decidir si acudían a los tribunales para demandarla por estafa. Estafa, un delito grave, recuerdo que le dije por teléfono. Por supuesto ella se rio. Pero pocas horas después me devolvió la llamada.

Fue en el aeropuerto y luego en el vuelo Miami-Chicago cuando la idea de escribir esta historia se me mostró como un proyecto con posibilidades. Revisé ambos libros no buscando exactitudes y diferencias, aunque apenas me descuidaba comenzaba a hacerlo, demasiado tentador aquello, sino intentando descubrir el discurso autobiográfico de Leonardo; su obra era un juego de ocultamiento para salir a la luz, de cada artículo, de cada reseña, de cada encargo debían obtenerse dos cosas: el artículo, reseña o encargo respectivo y alguna verdad sobre el autor fantasma. Se me antoja que bien pudo ser el observado de *La ciudad de cristal*, de Paul Auster, y el que yo esté tomando estas notas lo confirma.

A fin de cuentas, las autobiografías son ejercicios de ficción, la más ambiciosa de todas las ficciones pues su pretensión es ser la pura verdad. Pero todo el que escribe de manera autobiográfica se da cuenta desde las primeras líneas de que está mintiendo, que ponerle orden, causa y consecuencia a su historia de vida es un acto de falsificación de la realidad, porque no hay método en el caos y toda vida plena, de esas pocas que de verdad merecen ser contadas, es por definición caótica. Así, la mentira es una u otra: que se trate de una autobiografía de no ficción o que se trate de una vida que merezca ser contada.

Al hablar con Marta no hice sino preguntarme si la vida de un hombre sentado frente a su computador escribiendo sin parar hasta que las fuerzas no le dieron más de verdad merecía ser contada. Y por partida triple, porque el hecho de que yo estuviera tomando notas y pensando en escribir al finalizar mi pesquisa significaría que esa historia podría tener ya no dos novelas publicadas en simultáneo sino una tercera que las explicara después, o que al menos eso pretendería.

Pero, por supuesto, primero tenía que hablarle del tema que me había traído hasta allí.

—Marta, creo que nos debes algunas explicaciones.

—Yo fui muy clara con Elvia y con Álvaro.

—Salvo por el hecho de que les diste el mismo proyecto a los dos.

—Solo había una pequeña probabilidad de que ambos terminaran la novela al mismo tiempo.

—¿Y qué tenía previsto Leonardo si esa probabilidad se daba?

La disciplina, el entusiasmo y la tozudez necesarias para escribir una novela se requerirían en cantidades aún mayores para finalizar una novela ajena, por más que buena parte de ella estuviera ya escrita. El cálculo de Leonardo era que, con mucha suerte, uno de los escritores terminaría la novela, por eso Marta no tenía que preocuparse y más bien debía procurar que más de un escritor asumiera el proyecto. Al menos esa era mi hipótesis y el silencio de Marta cuando se la expuse pareció corroborar que estaba en lo cierto.

—Y por eso insisto, ¿qué tenía previsto Leonardo para el muy poco probable escenario en que no solo dos escritores terminaran la novela sino que además dos editoriales la publicaran?

Marta aprovechó que Vladimir revoloteaba en una zona prohibida de la cocina, o al menos eso le dijo al mandarlo a salir de donde estaba, para con ello ganar unos segundos y tener algo de seguridad al confesarme que no había previsto nada.

—Leonardo no tenía ninguna esperanza de que alguien terminaría su novela.

Entonces Marta me esbozó el mejor retrato que obtendría de Leonardo, un escritor que había dejado de tener aspiraciones a ser leído pero que terminó atrapado en la vorágine de un mundo lleno de palabras que todavía necesitan que alguien las escriba.

—Leonardo siempre hablaba del látigo de Capote y que él había visto la línea que lo separaba de la verdadera calidad pero nunca logró cruzarla. Y una vez me dijo que aunque nadie podría decirle que no lo intentó eso tampoco era consuelo.

Ese fue el día, según Marta, que Leonardo supo que ya no terminaría su novela. Lo que no sabe Marta es cuándo su marido ideó el plan.

—¿El plan?

Saltó Vladimir desde quién sabe dónde y nunca supe si aquella había sido la tregua que necesitaba Marta para salir del trance. Sin quitarle la vista a Vladimir respondió:

—Leonardo siempre planeaba todo. Él me dijo exactamente qué decirle a quien le ofreciera terminar su novela.

—¿Y no te dijo a quién ofrecérsela?

Marta le quitó la atención a su hijo y me miró con frialdad, quise leer odio en su mirada, pero por momentos sentí que no me estaba mirando a mí, que hubiera preferido que yo fuera transparente para que no estuviera ahí atravesado entre ella y su verdadero interlocutor.

—Teníamos preocupaciones mucho más terrenales que dejarle su obra al mundo, te lo puedo asegurar. La primera sorprendida con la petición de Leonardo fui yo. Hasta el día de su muerte pensé que ya se había dado por vencido con su carrera de novelista.

Cuando le preguntas a Marta de qué murió Leonardo ella siempre da la misma respuesta: murió de productividad. No le resta razón, todo parece indicar que Leonardo sufrió los males de su actividad física, o de su falta de actividad; que estar sentado tantas horas escribiendo los artículos y encargos necesarios para pagar todas las cuentas, saldar deudas y además poder trabajar en su obra personal terminaron llevándolo a la muerte. La autopsia confirmó lo que los paramédicos dijeron, paro cardíaco, probablemente fulminante debido a que los músculos flácidos, el alto porcentaje de grasa corporal, la espalda encorvada y el cuello tieso se combinaron para que Leonardo no tuviera cómo protegerse de la falla del corazón.

—¿La compañía de seguros no puso ninguna objeción?

—Leonardo sabía muy bien lo que hacía. Tuvo que escribir bastante sobre el tema, los contenidos sobre seguros y finanzas son muy bien recibidos.

¿Cuándo supo Leonardo que ya no había marcha atrás? ¿Por qué decidió continuar? ¿Ella sabía? ¿Cuáles eran esas finanzas y esos problemas tan graves que pusieron a Leonardo en semejante posición? Y sobre todo, ¿por qué el bebé no lo hizo cambiar de planes? Marta no ahonda más. Ninguna de esas preguntas quiso responderme la viuda y le puso fin a mi interrogatorio poniéndose de pie y dejándome solo en la habitación luego de tomar al niño en brazos. El pequeño Vladimir tenía dos años y cuatro meses. Veintiocho meses me dijo cuando le pregunté la edad del pequeño que nos obligaba a entrecortar cada frase mientras hablábamos debido a los gritos de la madre para que se estuviera tranquilo o no se metiera en problemas. ¿Veintiocho? Recuerdo que tuve que hacer el cálculo mental mientras pensaba qué tipo de personalidad es aquella que sigue contando meses después de los dos años. Ya decir dieciocho meses se me hacía bastante ridículo, pero veintiocho iba más allá, era patológico, y tomé nota de ello en mi libreta.

Marta regresó con una carpeta tipo archivadora llena de papeles y libretas. Al darle un vistazo pude ver que cada solapa estaba identificada con un año y dentro de ella había pequeños separadores mes por mes cada uno lleno de sobres y cuentas. Mientras daba el vistazo a uno de los meses, Marta me confesó que en no pocas oportunidades Leonardo subió sus tarifas por palabra o por hora, pero cada vez que lo hacía perdía un cliente que consideraba la nueva tarifa impagable. Por supuesto llegó el punto donde no se atrevió más, no podía correr el riesgo de perder otro cliente, no a causa de sus propias acciones.

Continué revisando los papeles y con ello pude atestiguar el estado de sus cuentas. Todo estaba cubierto, había meses en que podían ahorrar un poco, otros que no, en un equilibrio muy precario y al borde de romperse a causa del más mínimo imponderable que convertiría en impagables lo que por demás eran deudas normales, de cualquiera de nosotros, de todos los días. Cuando le presté atención a una de las libretas fue que supe lo terrible que era el estado de cosas en que se encontraba Leonardo.

Leonardo llevaba un control casi compulsivo de su trabajo. Cada artículo que escribía estaba registrado en esas libretas, asentando la fecha de entrega, la fecha de pago, lo que tardó en escribirlo y el número de palabras, luego cuánto le habían pagado y, lo que más me sorprendió, la comparación contra una tarifa y tiempo ideales. Si el pago recibido quedaba por debajo de la tarifa ideal anotaba la diferencia en rojo, si lo excedía la anotaba en azul. Luego de varias páginas entendí que la tarifa ideal la comparaba de acuerdo al método de pago, si por hora, por artículo o por palabra y que esa tarifa la calculaba con respecto al número de horas que tenía que escribir para poder cubrir todos los gastos del mes. Las matemáticas apenas daban, tenía solo horas suficientes en la jornada para cubrir el presupuesto. Con todo, al parecer nunca dejó de pagar el seguro de Vladimir ni el de vida, Marta dejó de estar asegurada luego de dar a luz y él, por supuesto, nunca lo estuvo.

En dos de las últimas libretas el presupuesto se cumplía

solo al agregarle más de 24 horas a la jornada de trabajo. Y en efecto, a juzgar por la suma de tiempos de cada trabajo, Leonardo estaba pasando la mayor parte del día frente al computador, probablemente tecleando lo más rápido que podía, no porque fuera *workaholic* o nada parecido sino porque volumen era lo único que le permitía producir la cantidad de dinero necesaria para que las deudas no crecieran hasta la quiebra.

Cada cierto número de páginas comenzaron a aparecer listas de propósitos muy cortas, con dos o tres ítems:

-Pasar más tiempo con el niño
-Hacer más ejercicio
-Almorzar

Incluso comenzó a buscar otros trabajos, pero no supe qué respuestas obtuvo, supongo que negativas. También su relación con Marta se deterioró, a juzgar por un par de listas donde se incluían los ítems "comprar flores" y "terminar de trabajar antes de que se duerma".

Resentí ver el registro incompleto de la última libreta, donde pude reconocer los artículos que le entregaría a Elvia. Solo faltaba asentar la fecha de entrega y la del pago. Ya tenía el número de caracteres, el tiempo invertido y la comparación con la tarifa ideal: el número estaba en un rojo que por momentos me produjo vergüenza, pero el que sea Departamento Legal quien saca los números y ofrezca una tarifa de acuerdo a precios de mercado y rentabilidad del negocio fue, como de costumbre, suficiente antídoto contra la incomodidad. Y no es que yo no tuviera mis propias deudas y problemas de falta de dinero; yo, lo he dicho antes, también soy de los asalariados. Marta, sin embargo, no me veía así. Después de todo yo había venido en nombre de los editores, los que querían recibir compensación por un negocio que no había salido como ellos querían o habían previsto. Pero nunca he sido testaferro, tampoco mediador, no tenía mucha idea de lo que debía hacer y utilizar la carta de lo mal negocio que era en estos tiempos editar una novela fue a todas luces contraproducente.

—¿Y si ellos sabían que perderían dinero con la publicación por qué yo les debería algo?

—No es de eso de lo que se trata.

—¿Y de qué se trata?

No supe qué responderle a Marta. De hecho, no tenía respuesta para mí. O sí, tenía una, la que había puesto Elvia en mi cabeza. Me metí en esto por un extraño impulso de convertir en mía una historia que no me pertenecía, pero con la que me sentía por completo identificado. Es el milagro de las historias, no nos pasan a nosotros pero es como si las hubiéramos vivido.

Cuando Morelia insistió en que asistiera a aquella reunión entre autores y editores debí haber dicho que no. Pero decir no es siempre muy difícil, más si ya el ego ha sido masajeado. Sí, yo tengo una idea que puede beneficiarlos a todos, y esa idea puedo convertirla en un plan de acción con el cual todos quedarán bien satisfechos. Lo que me impresiona es que solo Elvia haya sido capaz de ver y escuchar toda la estupidez que había detrás de mi posición. O quizás los otros tres también la vieron, pero dejaron que continuara porque no tenían otra opción o no tenían nada que perder. Ahora debo volver a Miami y decirles que el próximo paso sería demandar a Marta por hacer unos acuerdos con mala fe, cosa de la que ya no estoy tan seguro, o simplemente dejarlo de ese tamaño, que en el fondo todos sabemos que las novedades literarias duran lo que tardan en salir las siguientes novedades y esta fábrica no para.

Solo me faltaba revisar una libreta, que resultó la que hubiera preferido no ver. En ella, Leonardo utilizaba el mismo método de registro de las otras libretas, pero aplicado a su obra personal. Fue fácil darse cuenta de ello porque de inmediato vi varias entradas identificadas como *La enciclopedia* y *Los métodos*, las que más se repetían entre una variedad de nombres, acrónimos y siglas. Por momentos parecía que se trataran de obras distintas, pero más adelante unificó los registros bajo *Método/Enciclopedia*, dándome a entender que no había podido decidirse por uno de los dos nombres. Las horas y los caracteres los comparaba con la tarifa ideal con una diligencia que rayaba en el masoquismo porque no había columna de ingresos, solo la diferencia en rojo. Leonardo estaba sacando la cuenta de cuánto dinero perdía cada vez que se sentaba a trabajar en su propia obra.

—¿Alguna vez habló de dejar de escribir?

—Nunca.

Devolví todas las libretas a la carpeta y se la entregué de vuelta a Marta.

—¿Puedo echarle un nuevo vistazo a los archivos de la computadora?

Marta titubeó. Ahí estaba la respuesta. En los cientos de artículos y libros que Leonardo escribió por encargo. De pronto estuve seguro de que cada párrafo de *Método/Enciclopedia* estaba escrito originalmente en alguna de las obras que ya había entregado y que tantos otros y tan distintos entre sí publicaron por la vanidad de ver su nombre escrito en la portada de un libro. Celebridades y profesionales, artistas y científicos, expertos y sabelotodos, hablapajas y encantadores de serpientes, gente con mucho que decir y gente sin discurso ni ilación, todos y cada uno exhibiendo el logro de sus plumas sin saber que están a punto de salir las publicaciones que los dejarán en evidencia, porque más temprano que tarde y ya sobre aviso por las propias circunstancias de los dos libros, alguien leerá *La enciclopedia* o *Los métodos* y encontrará similitudes más allá del uno y del otro y así aflorará la obra de Leonardo en toda su magnitud, escritor que esperó su muerte para dejar de ser fantasma. En esos archivos estaba el plan de Leonardo, no solo ideado sino ejecutado y bastaría poner párrafos de una de las novelas en el buscador de la computadora para encontrar su contraparte en la otra novela y en alguno de los proyectos que Leonardo escribió por encargo. Pero algo en el tono de mi voz o en mi mirada puso a Marta en guardia y se negó a mi petición, confirmando con ello la trama que no tuve necesidad ni deseo de revelarle, por completo seguro de que si no era yo otro lector la sacaría a la luz.

Ya no tenía nada que hacer ahí, pero una pregunta que no venía del todo al caso me inquietaba un poco.

—¿Por qué si estaban en semejante situación no fue una opción que tú volvieras a trabajar?

Ella abrió la boca, pero no dijo nada y se me quedó mirando, al principio creí que con odio, pero más bien me obsequió un profundo desprecio. No recuerdo haberme sentido así de incómodo, al menos no en muchos años. Mi pregunta se me reveló obscena, pornográfica; quedé desnudo frente a ella en mi incapacidad de ponerme en sus zapatos, en la exigencia de que todo quedara expuesto a la vista, que nada quedara explicado con silencios. Sacudido y hasta medio aturdido, no me quedó más remedio que despedirme.

XI

Elvia estuvo a punto de no venir a Miami. Oportunidades no le faltaron y quiso tenerlas hasta el mismísimo momento de la presentación de *La enciclopedia de todo*, por eso no dejó que fueran a buscarla al aeropuerto. El pasaje más barato que encontraron fue Midway-Fort Lauderdale. Eso la obligó a tomar el Metra hasta el Loop y de ahí el L Línea Naranja para llegar a Midway, un recorrido de más de una hora. Luego de aterrizar en Fort Lauderdale se decidió por el camino más lento: tomó el autobús a la estación del Tri-Rail, de ahí hasta Miami donde cambió al Metrorail para un total de unas siete horas de viaje en las que no dejó de preguntarse ni un minuto el porqué estaba insistiendo con todo aquello.

Desde que salió de la llamada grupal, Elvia había pensado en no ser parte del juego. Pero en la medida en que Miami estaba más y más cerca fue convenciéndose de que en realidad no estaba cuestionándose y de que estaba dispuesta a jugar. No le interesaba salvar su reputación, tampoco el negocio de Morelia, mucho menos el de Salas y Álvaro. Tampoco creía deberle nada a Leonardo o a Marta. Y sin embargo, ya estaba bajándose del Metrorail en la estación Douglas Road para subirse al trolley que la llevaría por fin al centro de Coral Gables donde la esperaba su habitación de hotel muy cerca de la librería donde se llevaría a cabo la presentación de *La enciclopedia de todo.*

En la lentitud aumentada por la dureza de los asientos del trolley, le sorprendió lo vacías que estaban las aceras de Coral Gables, como si caminar fuera una opción que nadie tenía el interés de tomar. A pesar de lo altas y sobre todo anchas que eran las torres de oficinas, sentía la misma soledad que en su casa, era la soledad del suburbio, justo lo que necesitaba. Vagar por Highland Park nunca le ha resultado atractivo, son pocos los meses en que puede hacerlo y cuando las temperaturas lo permiten el pueblo es demasiado pequeño, las calles llevan muy rápido a las zonas de las casas y terrenos grandes; en Chicago no es tan fácil, siempre algún transeúnte apurado amenaza con atropellar a quien no vaya a su mismo ritmo: incluso cuando ella camina a ritmo apresurado va más lento que la mayoría. Pero el vacío de Coral Gables le venía a la perfección, un par de cuadras con movimiento de gente, el resto lleno de negocios fantasmas o inflados, parapetos de quién sabe qué. Le gustó el aspecto demodé de varios edificios, en ese afán por parecer andaluces sin que los constructores hayan pasado el tiempo debido en cualquier lugar del sur de España. El tiempo debido, le gustó esa frase y pensó que de eso era de lo que se trataban todas sus dudas, sus temores. ¿Pasó el tiempo debido para considerar que el trabajo de Leonardo también era suyo? ¿Para considerar que era más suyo que de él? A veces pensaba que sí lo había logrado, otras que no, las más que no era ella quien podía decirlo, que solo los lectores podían pronunciarse al respecto. Sin saber cómo, terminó en una pequeña plaza que rendía homenaje al poeta Juan Ramón Jiménez, alguna vez inquilino ilustre del lugar. Se sentó e intentó, sin éxito, recordar el nombre de algún poema de Jiménez, tampoco pudo acordarse bien de qué trataba *Platero y yo*, no pudo siquiera recordar si alguna vez la había leído, en el colegio, supone, pero quién sabe. Leyó los versos ocultos en el bronce oxidado de las placas de la plaza:

¡Este azul de aquel azul
Alma más bella que el ámbito!

El dios azul nos azula
Aquí las cosas de abajo
y
Préndeme, sol, mis espacios
de ese oro que tú sabes,
dobla en lo blanco que espera,
los pinares y los mares

Ahí, luego del largo recorrido y tras haber leído los versos, pero no debido a ello, fue donde finalmente entendió que nunca había habido duda y que desde el primer momento sí había viajado a Miami para presentar *La enciclopedia de todo*.

En el fondo, Elvia quería lo mismo que Leonardo, que el libro se leyera, y si la vía para ello era lanzarse a sí misma al pozo de sacrificios no tenía el menor problema. Incluso la idea de ser parte de un escándalo la entusiasmaba un poco, la sacaba de la inercia en que se hallaba su vida desde que comenzó a trabajar en el portal digital.

No es nada fácil la transición que tuvo que hacer Elvia. De la socialización permanente de cualquier oficina en Venezuela a la soledad absoluta del trabajo a distancia en Estados Unidos. Morelia me dijo que le tendría lista una *arepada* para recibirla y me preguntó si quería estar presente, pero decliné la invitación. El éxito de la presentación del libro dependía en buena medida de que Elvia pudiera sentirse cómoda, relajada, como si estuviera si no en casa al menos en un sitio donde pudiera pasar una larga temporada. Mi presencia en la cena no le habría ayudado para nada, no tanto por la hostilidad con que nos hemos tratado durante los últimos meses, sino por el hecho de que apenas me viera recordaría cuánto odiaba su trabajo y cuán atrapada se sentía en él. Especulo, pero estoy casi seguro de que escribir *La enciclopedia de todo* fue para ella más que nada un escape del pantano en que se sumergía día a día, hora tras hora. Pero venezolana al fin, no hay nada que una buena arepa no solucione, y al parecer lo que preparó Morelia para recibirla fue un auténtico festín.

Elvia llegó a la presentación dando la impresión de que había tomado la decisión correcta, y eso se notó desde el mismo momento en que cruzó la puerta de Books & Books. Digna y segura de sí misma, me fascinó el aplomo y hasta cierto desenfado con que confesó que el libro era un experimento muy interesante que debía leerse en conjunto con el de Álvaro Fernández.

—Un proyecto que se inició como un ejercicio de taller literario allá en Chicago, en un supermercado de lujo, entre copas de vino y rebanadas de pizza, de pronto tanto Álvaro como yo nos dimos cuenta de que al contrario de lo que suele suceder con la casi totalidad de los textos de taller, este tenía sentido más allá de nuestras sesiones. *La enciclopedia de todo* es un texto independiente, pero también es un texto espejo, que como los espejos distorsionados de las ferias, muestra una nueva verdad cuando se confronta con su contraparte.

—¿Por qué alguien querría leer *Los métodos del caos* después de haber leído *La enciclopedia de todo*? ¿Acaso hay tanta diferencia?—le preguntó a la autora la reportera de una revista literaria mayamera.

—El lector que disfrute de experimentos literarios; que entiende que la visión de un autor es única incluso cuando aborda un tema ya tocado por otros; que sabe que una pregunta siempre tiene más de una respuesta posible; ese lector puede leer *Los métodos del caos* después de haber leído *La enciclopedia de todo*. Este libro es mi visión de una historia. Estoy muy interesada en leer la versión de Álvaro.

—¿De verdad no ha leído todavía *Los métodos del caos*?— le preguntó con evidente incredulidad el reportero de un periódico latino local.

—Lo leeré como cualquier otro lector, quizás seré una lectora un poco más interesada, pero nada más.

Si la presentación hubiera contado con efectos especiales, en ese momento se habría escuchado la risa de ultratumba de Leonardo, disfrutando de cómo su plan estaba consumándose. Pero sin efectos especiales ni incidentes de ningún tipo, la presentación del libro transcurrió como cualquier otra: muchas felicitaciones, muchas firmas, muchas fotos entre vino y vino y conversaciones sobre temas que permitieran a los contertulios mostrarse informados e interesantes. Sin embargo, la presencia de Álvaro le dio un detalle de interés adicional al evento. Cuando vi al reportero acercársele hice lo propio para escuchar la conversación. Nada distinto de lo que le preguntó a Elvia, y para mi sorpresa tampoco hubo mayores diferencias en las respuestas. Quizás la única posición diferente fue que Álvaro dijo que él sí había leído la novela de Elvia.

—Te digo esto si me prometes que va a quedar por completo *off the record*.

—¿Y si es *off the record* para qué me lo vas a decir?

Al final del evento y ya caminando hacia el carro le pregunté a Álvaro qué le iba a decir al reportero.

—Que *La enciclopedia de todo* es superior. ¿Tengo razón o no?

En efecto, *Los métodos del caos* era un libro inferior a *La enciclopedia de todo*. Menos profundidad de los personajes, dramas y giros de la trama más obvios y temas menos universales, como si el escritor de la primera estuviera menos atento o menos interesado al devenir de la historia de la humanidad. Probablemente era cierto, Álvaro no parecía muy empapado de literatura y eso se nota en la novela, faltan posturas, reflexiones estéticas y tomas de posición que le den sustento a lo escrito, simplemente terminó de escribir lo empezado por Leonardo. Pero para qué decirle la verdad. Otorgué.

—¿Viste? Tengo razón.

—¿Y estás tranquilo?

—Claro, estoy muy orgulloso de mi novela, y aunque suene ridículo a estas alturas, les estoy muy agradecido a Leonardo y a Marta.

—No suena ridículo, suena inocente.

—Bueno, si hubiera sido menos inocente no estaría en esta situación.

Volví a otorgar.

—¿De verdad crees que Leonardo nos embaucó?

Sí, lo creía, eso se los hice saber a todos luego de regresar de Chicago. Pero no soy detective, no tengo cómo probarlo y era poco lo que podríamos conseguir de Marta luego de que mi interés en la computadora me dejara en evidencia. La única cosa que en realidad se debía hacer era trabajar para que los libros se vendieran y ligar que los públicos de los dos libros fueran completamente diferentes al de los otros libros escritos por Leonardo, y que así nadie pudiera encontrarse con el múltiple engaño. Eso, siempre y cuando Leonardo no hubiera dejado un video de él leyendo todas y cada una de sus obras; creo que ya es cuestión de días para que aparezca, pero no se lo diría a una futura víctima.

—Ya eso no importa. Logró lo que quería, terminó su novela, dos veces.

—Insisto en que le estoy agradecido, pero si pudiera le escupiría la cara.

—Te entiendo.

Sin embargo, hablar con Álvaro resultaba tranquilizador, se tomaba el asunto con la ligereza creo que necesaria para salir airoso de él. No así Elvia, que parecía sumida en un foso profundo. En la presentación estuvo muy bien, muy convincente y segura de sí misma, pero no sé si esto era muestra de que comenzaba a aceptar mejor su participación en *La enciclopedia de todo*, o si era el enfrentamiento sumiso con lo inevitable.

Que Elvia no estuviera caminando con nosotros de pronto me preocupó. Decidí ir a su hotel y llamarla desde la recepción. No contestó. Tampoco respondió ninguno de mis mensajes de texto. Esperé en la recepción hasta casi quedarme dormido.

Bueno, no me contestes si no quieres. Hablamos el lunes

Pero no hablamos el lunes, no se conectó para trabajar ni ese día ni el resto de la semana, no renunció ni me dio ningún tipo de explicación, simplemente había decidido esfumarse. Mi última esperanza de volver a ver a Elvia era la presentación de *Los métodos del caos*, que sería ese sábado en la librería McNally Jackson, a la cual por supuesto Elvia estaba invitada. Y como me lo esperaba, no asistió.

XII

No he ido tantas veces a Nueva York como para que esta declaración signifique algo más, algo interesante, pero me gusta decirlo: mi lugar favorito en Nueva York es Washington Square. El Arco del Triunfo, el ambiente de la plaza, los lugares a su alrededor, todo me gusta en Washington Square. Por eso aproveché para pasarme buena parte del día en la plaza antes de caminar a McNally Jackson y enfrentarme al siguiente capítulo de la saga de las dos novelas.

Entre la presentación de *La enciclopedia de todo* y la de *Los métodos del caos* se publicaron dos reseñas de la primera y un primer intento de legitimación del supuesto experimento. Las reseñas de la novela de Elvia eran en general positivas, no demasiado entusiastas pero suficientemente dignas como para estar seguros de que la recepción de la novela sería positiva, tal como era fácil de esperar de un buen texto como el que había logrado Elvia. Pero no serían una o dos reseñas buenas lo que haría cambiar de opinión a Elvia, mucho menos hacerla aparecer. Tampoco que el experimento fuera elogiado, sobre todo porque ese texto lo escribí yo para el portal digital de noticias, un artículo que de haber ella permanecido en su puesto de trabajo muy probablemente habría impedido que se publicara.

El ambiente en la librería estaba tan alegre y distendido como la semana anterior en Books & Books. Sin embargo, la idea de que *Los métodos del caos* era una novela no tan original había trascendido tanto por lo dicho por Elvia como por la primera reseña del experimento, y hubo más reporteros y más preguntas de lo que nos esperábamos. Y Álvaro no lució tan aplomado como Elvia.

—¿Cuándo surgió la idea de este experimento?

—La idea surgió de una manera bastante pueril, literalmente entre copas, por eso al limpiarla de su origen y darnos cuenta de todo su potencial nos abocamos con un entusiasmo y una fuerza a llevarla a cabo, esa es la vitalidad que se siente al leer cualquiera de las dos novelas y sobre todo al leerlas en conjunto.

—¿Y sin Elvia, Álvaro tendría algo que mostrarnos?

—Las cosas suceden de modos inesperados. La conexión con Elvia fue inmediata, las ganas de escribir fueron suficientes como para que se terminaran y publicaran dos novelas. La próxima novela, el próximo libro, tendrá su proceso y ahí se verá qué más tengo para mostrar y si lo hago solo o de nuevo acompañado.

—¿Tuvieron siempre la intención de dar a conocer la relación entre ambos textos? Lo pregunto porque en ninguna de las dos novelas se hace mención de la otra.

—Son textos en conjunto pero independientes.

—¿Y por qué Elvia González no está presente? ¿No avaló el resultado del experimento?

—No tengo idea del porqué no vino Elvia, quizás perdió el avión, O'Hare es un aeropuerto difícil.

El malhumor de Álvaro fue en aumento y la presentación

del libro terminó de una forma bastante abrupta, pues el autor apenas dijo un par de cosas y no quiso leer. Los pétalos de rosa no habían terminado de caer al piso y ya Álvaro estaba camino de la puerta de la librería, sin firmar ejemplares ni tomarse fotos.

Amagué con salir tras él, pero al ver que ya lo hacía Salas pensé que en efecto ese era un trabajo para su editor. De todas todas lo vería en el avión de vuelta a Miami, donde lo más probable es que ocupemos asientos contiguos, tal como en el vuelo a Nueva York, así que me quedé mirando libros hasta que cerró la librería.

Pero no vi a Álvaro antes de embarcar y ya en el momento de despegar seguía habiendo un asiento vacío a mi lado. Dos novelas publicadas y dos escritores desaparecidos. Lo único que faltaba era que en vez de una película lo que apareciera en la pantalla del espaldar del asiento frente a mí fuera el video de Leonardo.

XIII

Las semanas más complicadas son aquellas donde lo ordinario nos vence y por eso nadie las atestigua. En medio del exceso de trabajo que me produjo el que Elvia abandonara su puesto, la verdad no tuve ni tiempo de pensar en cómo les estaba yendo a las novelas. Pero pronto Morelia y John me pondrían al tanto.

José Pablo, la estrategia no funcionó,
nadie está interesado en los libros

Así decía el mensaje vía Skype y con esas mismas palabras Morelia comenzó la reunión que pautó entre los tres. Siguió un detallado informe sobre el estado de ventas de *La enciclopedia de todo* y *Los métodos del caos*, de la falta de reseñas y de la desaparición tanto de Elvia como de Álvaro, con chiste incluido acerca de la posibilidad de que ambos estuvieran juntos en un *all inclusive* de Cancún, pero yo volví a la frase inicial.

—Sin ánimos de ofender a nadie, ¿qué diferencia este desinterés del de sus anteriores libros?

—Mira, José Pablo—comenzó a decir Morelia casi fuera de sí, pero John la interrumpió con una pequeña tos que me sugirió que entre ellos había surgido también algún tipo de afinidad, de causa común, la de los sorprendidos en su buena fe, después de todo, habían publicado el mismo libro y su prestigio estaba en juego por ello. Luego de calmarse retomó el verdadero argumento, el previamente construido a cuatro manos.

—Nadie está en este negocio para hacer dinero, tú lo sabes, todos lo sabemos, tampoco para hacer historia, pero en el fondo, todos soñamos con conseguir nuestra *Rayuela*, nuestros propios detectives salvajes, y para que eso pase solo se pueden hacer dos cosas, la más difícil, por supuesto conseguir un nuevo Cortázar, un nuevo Bolaño, la segunda, que está un poco más bajo control, evitar publicar el libro que te convierta en un hablador de paja, en un farsante, me temo, José Pablo, que John y yo lo publicamos.

Siguió un silencio, no tan incómodo como respetuoso, el respeto que se guarda por los sueños que se desvanecen como si nada. Pero por alguna razón, tanto John como Morelia todavía veían en mí la persona capaz de darles algo de luces y un plan a seguir.

Aproveché la pausa luctuosa para echarle un vistazo a las reseñas, en efecto no muchas más de las que yo había recopilado previo a la presentación de la novela de Álvaro. De inmediato pude ver una puerta de salida.

—Creo que la razón del fracaso es que hablamos de los escritores vivos y no del muerto. Estábamos tan convencidos de que el escritor fantasma vendría desde el más allá a vengarse de nosotros que nos concentramos en salvar el prestigio de nuestros escritores publicados. No sé cómo no me di cuenta, teníamos que haber sacado a la luz a Leonardo, hablar de él, de su historia y no de Elvia y Álvaro.

—¿Y crees que todavía tengas tiempo?

Me sorprendió que Morelia utilizara el subjuntivo en segunda persona singular.

—¿Por qué yo? No son ni mis libros ni mis editoriales.

—Pero era tu estrategia.

Fue toda una revelación el que tanto Morelia como John estuvieran convencidos de que mi involucramiento emocional en este proyecto era tan alto. Y también me conmovió un poco. En ese momento tomé la determinación de que si nada salía de esto para ellos, o para Elvia y Álvaro, al menos tendría que salir para mí. Desde el primer momento me atrajo la posibilidad de escribir sobre esto, y la verbalicé en varias oportunidades. Pero por experiencia personal sé que hablar de una historia es una manera de contarla que nos deja por completo satisfechos. Por eso no tenía mayores expectativas de que las notas que había tomado, los *chats* e intercambios de mensajes y la memoria que pudiera hacer de los hechos desde que esto comenzó terminarían convertidas en un libro, quién sabe si hasta en una novela. Por alguna razón, la seriedad con que me hablaban los editores me dio el impulso que necesitaba.

Entonces les dije que podría volver a Chicago si ellos lo creían conveniente. De una conversación algo más amistosa que la primera con la viuda de Leonardo quizás saldría el material necesario para el perfil faltante del escritor ausente. Los dos editores estuvieron de acuerdo, pero cuando intenté sacarles pasaje y estadía ya estaban por completo seguros de mi involucramiento y no hubo forma de que desembolsaran ni siquiera un bolívar fuerte. Y tenían razón, gustoso pagué de mi bolsillo el nuevo viaje a Chicago.

XIV

Cuando llegué al Shedd Aquarium, ya Marta estaba ahí, esperándome en esas especie de gradas que dan al lago Michigan y desde donde se puede ver el Skyline de Chicago en todo su esplendor. Pocas vistas tan bellas como esa. Le di las gracias por escoger un lugar tan bonito para nuestra reunión.

—A Vladimir le encanta el acuario, era la mejor opción, tengo que ponérsela fácil de vez en cuando a las niñeras para que me duren.

Fue a petición mía que nos reunimos en un lugar más neutral, no quería conversar sobre Leonardo con ella teniendo a mano efectismos sentimentales como "mira su computadora, mira sus libros"; quería que me hablara de su marido, el escritor, con la elocuencia del testigo accidental; que a la hora de hablar de alguien que está escribiendo solo podemos decir cosas como el tiempo que pasa sentado, su postura, o comentar lo leído tras un vistazo furtivo, no mucho más, pero ese era el único material que estaba buscando.

—¿De verdad esto no tiene nada que ver con amenazas o posibles demandas?—me preguntó Marta, tal como lo hizo durante la conversación telefónica y el intercambio de correos que tuvimos para concertar esta reunión.

—Ya eso pasó. Por desgracia para todos, incluyendo a Leonardo, los libros tuvieron más pena que gloria.

—Pero salieron hace muy poco.

—Y ya están enterrados bajo los cientos de novedades publicadas desde entonces.

—¿Y por qué estás aquí?

—Por razones personales. Ahora soy yo el que quiere escribir sobre Leonardo.

Marta me miró con sorpresa, como si nunca le hubiera pasado por la cabeza que Leonardo, y no *La enciclopedia* o *Los métodos*, pudiera ser el objeto de interés.

—Las circunstancias de nuestro primer encuentro te hicieron pensar que yo era parte de los editores, pero mi interés siempre ha sido Leonardo. En el fondo, siempre quise que Leonardo hubiera tenido un plan en mente, una gran estafa para vengarse de todos aquellos que de una u otra manera le quitamos la posibilidad de escribir su gran novela. Yo esperaba que en algún momento tú fueras a la prensa y con grabación en mano mostraras todos los libros que Leonardo escribió y que era el único autor de *La enciclopedia*, de *Los métodos* y de tantos otros, y que Elvia, Álvaro, John, Morelia, yo y todos los demás éramos solo un fraude. Pero ya estoy seguro de que eso nunca pasó por la cabeza de Leonardo, ni por la tuya, y ahora lo único que quiero saber son dos cosas, si Leonardo sabía que se iba a morir y si tú hablaste con algún otro posible autor.

En el fondo, yo era igual que Leonardo, el resultado que ambos podíamos mostrar era el mismo, aunque yo siempre supe que no terminaría ninguna obra y estaba más bien seguro de que nunca comenzaría alguna. Tuve que encontrarme de manera fortuita con esta historia para que se despertaran en mí las ganas de decir algo y nada me garantiza que lograré diferenciarme de Leonardo. Eso, por supuesto, no se lo dije a Marta, no quería que viera en mí la misma debilidad que con toda seguridad conocía muy bien tras haber convivido por tanto tiempo con su esposo. Pero mis palabras sumieron a Marta en un silencio que interpreté de desconfianza. Para no tener que enfrentar de nuevo unos pensamientos que se me mostraron como una confesión inesperada, intenté distraerme mirando un Water Taxi cruzando la bahía llena de veleros y yates de agua dulce mientras esperaba que ella se decidiera a romper el silencio.

Por más que intento convencerme de lo contrario, nunca tuve la intención de convertirme en escritor. En el fondo, como es mal común en mi gremio siempre me consideré uno. Todas las disquisiciones, los cuestionamientos, las flaquezas que veo en Leonardo, en Elvia y hasta en Álvaro me son completamente ajenas y se me hacen un poco ridículas. Pero ellos, incluso Leonardo, tienen un libro para mostrar y ese detalle me deja en minusvalía de una manera de la que nunca fui consciente y que ahora, en tan solo minutos de habérseme hecho evidente, parece lista a convertirse en una deuda conmigo mismo. Quiero contar esta historia, no sé si pueda, no sé si vaya a querer contar otra, pero si no lo hago nunca estaré tranquilo.

No sé cuánto tiempo pasó hasta que por fin se decidió a volver a hablar.

—¿Crees que los libros le hicieron honor a Leonardo?

—Sí y no. Para ser honesto, Leonardo dejó la novela con vacíos esenciales por llenar, es difícil saber qué tenía en mente.

—No tenía en mente nada.

Tras una confesión tan sorprendente, solo pude clavarle mi mirada más interrogadora a Marta.

—Estaba perdido en su método, no sabía a dónde ir ni cómo continuar. Sin Elvia o Álvaro no hubiera habido novela, estuviera Leonardo vivo o no.

Marta rompió a llorar. Acababa de traicionar la memoria de su marido cuestionando su obra, su oficio, su capacidad. Sin Álvaro, sin Elvia, no hubiera habido novela, solo una serie de textos inconexos sin trama, principio ni final que a lo sumo habrían podido ser agrupados y presentados en orden alfabético. Leonardo fracasó en el proyecto que Marta intentó continuar no para cumplir el último deseo de su marido sino para salvarlo de su última derrota.

—Me siento tan culpable. Lo presioné varias veces para que dejara de escribir su ficción y para que buscara un trabajo más productivo. Lo hizo, a su manera, y eso me da rabia e impotencia, más allá del dolor de que ya no esté conmigo y con Vladimir.

Cuando terminó de llorar ya había recuperado completamente la compostura que le conocía y que también siempre mencionaban tanto Elvia como Álvaro. La debilidad era asunto de Leonardo, por eso las mejores páginas de *La enciclopedia de todo* y de *Los métodos del caos* hablaban del acto de escribir como la última defensa frente al mundo, defensa desesperada e inútil.

—Tenía expectativas de que alguna de las novelas tuviera éxito, más *Los métodos* que *La enciclopedia*, que me pareció un poco petulante…

—¿Las leíste?

—Álvaro me las envió luego de que supo que nadie lo había hecho.

—¿Y cuándo hablaste con Álvaro? No hemos sabido nada de él desde la presentación de su libro.

—Un par de días después de eso, estuvo en mi casa, quería que yo estuviera segura de que él no nos guardaba ningún rencor y que siempre estaría agradecido con nosotros, yo le dije lo mismo que a ti, que aunque Leonardo estuviera vivo lo habría necesitado, pero no quiso creerme.

—¿Te dijo qué pensaba hacer?

—Tomarse unas vacaciones.

Entonces no pude sacar de mi cabeza a Elvia. ¿Estaría ella también tomándose unas vacaciones o, como me temía, su desaparición era mucho más delicada que la de Álvaro? Asistí distraído al resto de la conversación con Marta, que de todos modos no salió de la incapacidad de Leonardo para escribir algo más que los artículos a destajo que lo llevaron a la muerte. Pero en un punto se calló de una manera distinta, como si de pronto hubiera recordado la clave del sitio al que no había podido acceder ni siquiera luego de responder las preguntas de seguridad.

—Él también sabía que tú, alguien como tú aparecería.

Me reí ante semejante pensamiento, pero Marta me interrumpió.

—Tú te lo estabas preguntando porque en el fondo también lo piensas. Él no presintió su muerte, fue una trama que se le ocurrió, la tercera novela, la tuya, si la escribes. No pongas esa cara, el proyecto tenía nombre, la carpeta estaba identificada *SMMAEA, Si me muero abre estos archivos*, cuando me pediste ver la computadora de Leonardo pensé que querías buscar esa carpeta, ahí estaba todo lo que vas a escribir, lo estaba preparando para cuando pudiera escribirlo luego de terminar *La enciclopedia* o *El método*, que nunca supo cuál sería el nombre final, y al leerlo se me ocurrió que podía llevarse a cabo y tener al final sus tres novelas. Y sí, hablé con otros escritores, varios, nunca me contestaron.

La idea de que Leonardo también tuvo en mente lo que yo estaba por escribir me erizó. Pero lejos de convertirse en un sentimiento raro, se volvió una razón lógica de todo lo que había sucedido. ¿Por qué no? Si él había escrito tantos libros por encargo, bien pudo haber comenzado a escribir el mío, listo para complacerme apenas yo le hubiera hablado de mi proyecto y de mi impericia para llevarlo a cabo. La aspiración última de todo escritor de ficción, que la realidad lo imite, Leonardo fue más allá y escribió su última obra como una lista de instrucciones para que escribirla fuera de inmediato la propia realidad imitándola. Hice una pequeña reverencia por el genio muerto, a sabiendas de que fuera lo que fuera que yo escribiera nunca estaría a la altura de lo que Leonardo hubiera podido escribir.

Ahí terminó el encuentro con Marta, Vladimir y su niñera salieron del acuario y ni tiempo me dio la madre para despedirme. Ya lo único que me quedaba por hacer era aprovechar mi presencia en Chicago para intentar hacerle una visita a Elvia. Busqué su dirección y contacté el Zipcar más cercano. Mientras esperaba que el carro estuviera listo, caminé hacia el Grant Park y me entretuve con una escultura, o más bien instalación, de piernas gigantes que me hicieron sentir un niño correteando por la ciudad. Al final, todo esto se me volvió un juego. Nunca invertí nada en el asunto, ni dinero ni prestigio, y aquí andaba todavía intentando sacarle algún provecho. ¿Mi novela correría distinta suerte a la de Elvia o la de Álvaro? ¿Llegaré a escribirla, a diferencia de Leonardo?

XV

Google Maps me propuso varias alternativas para llegar a la que ligué todavía fuera la casa de Elvia, y escogí no la más expedita sino la que se me antojó más atractiva, una que me llevó a lo largo de Lake Shore Drive bordeando el lago Michigan en panorámico recorrido. Terminada Lake Shore la ruta seguía por Sheridan Avenue y el lago por momentos se ocultaba para luego reaparecer por un par de cuadras y volver a esconderse tras edificios o casas. Pasé Evanston y el campus de la universidad Northwestern. El tamaño de las casas aumentaba, la zona se mostraba cada vez más acaudalada pero con cierto recato. Aún así, el dinero se notaba por donde pusiera la mirada y por eso comencé a dudar. ¿La dirección que estaba siguiendo me llevaría a una de esas casas? No me imaginaba a Elvia viviendo en un lugar así, pero seguí mi camino con la seguridad de que si no llegaba a su casa se trataría no de un error del GPS sino de mi base de datos. Pero si GPS y base de datos coincidían, entonces el equivocado siempre fui yo.

No me gusta hablar de este tema, pero en medio de las bucólicas calles de los suburbios del norte de Chicago comencé a tener la misma sensación de pánico de cuando fui rodeado por la turba en que devino el salón de clases.

Participaba en un taller de comunicación para organizaciones populares y de pronto, por algo que dije, o no, varios de los presentes comenzaron a gritarme burgués, oligarca, imperialista, escuálido; de inmediato fue todo el salón, unas treinta personas que me rodearon y comenzaron a golpearme mientras intentaba salir lo más rápido del lugar. Más que golpes fueron bofetones, porque la idea era humillarme, y vaya que lo lograron. A partir de ahí comencé a ver las mismas caras, las mismas expresiones en todo el discurso público del país. Pero también las vi en las personas de mi círculo más íntimo. No, esta no es mi historia, no voy a hablar de la aprobación que mi suegro le dio a la agresión que sufrí, tampoco de cómo terminé echando el chiste de que a la división política en casa la llamábamos matrimonio, humor del derrotado, porque solo así puedo calificar el sentimiento que me acompañó hasta que por fin me decidí a salir de Venezuela, me sentía derrotado, llegué a Miami derrotado y todavía lo estoy, pero gracias al salvoconducto de que en internet reaccionar de inmediato es ya muy tarde puedo trabajar sin parar y así logro barnizar de eficiencia y éxito profesional mi derrota.

Por eso, reconocerlos es un asunto personal. A pesar de que nos vemos las caras, escuchamos el acento y damos por descontado que la violencia, la delincuencia, la economía, la falta de futuro, además de la política, nos trajo a este lugar, siempre intento atar cabos y descubrir si el recién llegado, por decirlo de alguna manera, estuvo en ese salón de clases. No me gusta equivocarme en este tema, no me gusta ni siquiera dar la impresión de que estoy abierto a una reconciliación por más pequeña que sea con el otro bando, incluso al nivel de las relaciones personales más superficiales, de la mera cordialidad. ¿Podía a estas alturas pedirle a Elvia que me diera más detalles? ¿Decirle que me hablara de lo que hacía entre encuentro y encuentro en los lugares que frecuentaban los periodistas en aquel entonces? ¿Qué hizo entre mi partida y la suya? ¿Qué la trajo a este lugar? ¿Cuál fue la gota que la hizo emigrar? Cuando supe que Elvia estaba en Estados Unidos vi a la Elvia de la universidad y corrí a ofrecerle un empleo sin detenerme a pensar en ningún momento en la posibilidad de que quien lo aceptaría tal vez era otra Elvia, una cuya historia no quería realmente conocer, aceptar. Pero la pregunta se repetía cuadra por cuadra, casa por casa, ¿cómo es que Elvia puede vivir en esta zona? ¿Qué hizo, con quién se asoció?

La sensación de que me dejé engañar, de que claudiqué frente al enemigo sin siquiera haberme dado cuenta, crecía metro a metro y estuvo varias veces a punto de hacerme dar la vuelta en U y dejarlo todo así, pero cierto deseo de confrontación, de ahora yo ser el atacante, me permitió continuar hasta el punto que el GPS indicaba. Sin embargo, al entrar al pequeño pueblo que era el *downtown* de Highland Park y estacionar en la acera de enfrente de la dirección de Elvia, todas mis alertas de seguridad volvieron a los colores de normalidad. No era cuestión de dinero lo que detendría a alguien de vivir en uno de los vetustos apartamentos que se veían sobre unas tiendas que a veces hacían juego con el edificio, a veces rompían el conjunto con su intento de ser modernas, cosmopolitas y lujosas. Por alguno de esos misterios urbanos que todavía uno puede encontrarse en cualquier ciudad o suburbio, el edificio había sobrevivido no sé si digno a la acaudalada prosperidad que lo rodeaba. Probablemente, en pocos años algún plan de renovación urbana se lo llevaría por delante, pero por ahora en ese lugar no había nada que dijera que estaba erigido en una zona pudiente, todo lo contrario, salvo por alguna de las tiendas aunque lucieran fuera de lugar.

Aún así, aunque ya por otras razones, no dejaba de intrigarme la decisión de Elvia de vivir ahí. No hay que ser *realtor*, y mi licencia está por ahí llena de polvo pero siempre a mano, para entrever que por los mismos pies cuadrados podría tener mucho mejor precio en cantidad de lugares con las mismas características: pueblo pequeño, línea de tren muy cerca, en un área metropolitana importante pero alejado de la ciudad. Si la dirección me hubiera llevado a ese otro sitio, me habría bajado del carro sin dudar, pero ya no estaba tan seguro de qué hacer ni de por qué había llegado hasta allí.

En realidad, no sé para qué quiero ver a Elvia. No sé si le reclamaré el haberme dejado con todo ese trabajón en el portal digital de noticias o si le preguntaré sobre su estado de ánimo. Y sé que ninguna de las dos opciones me dejará satisfecho.

Me bajé del carro y comencé a caminar por los alrededores del edificio para ver si daba con el que imagino sería el café donde Elvia solía bajar a trabajar. ¿Estará ahí? ¿Estás aquí, Elvia?

Luego de caminar un par de cuadras, comencé a sentirme un poco ridículo. No, no tenía nada que hacer aquí. Si Elvia no me había dicho por qué se desapareció tras la publicación del libro no me lo diría ahora. Y el que me lo dijera no cambiaría el hecho de que no supe descubrirlo, no supe aprehender a ninguno de los autores en las páginas de *La enciclopedia* y de *Los métodos*. Tampoco supe qué obtendría de lograrlo. Pero cuando ya estaba a punto de comenzar mi regreso al carro y salir de ese lugar, lo más probable que para no volver nunca más, vi a Elvia pisando una colilla y caminando los quince pies de rigor para regresar al café donde estoy seguro llevaba ya varias horas trabajando, quién sabe si varios días. Justo antes de cruzar el umbral de vuelta a su refugio me vio y la expresión de su rostro se me hizo inescrutable, aunque todavía estaba a suficiente distancia como para que incluso la reacción más notoria se me mostrara enigmática. Con un movimiento de la mano la saludé y ella esperó en la puerta solo lo necesario para que yo supiera que no iba a negarse a conversar conmigo, aunque quién sabe cuánto durarían sus ganas, o su tolerancia.

Pedí un café complicado para no ir a sentarme tan rápidamente en su mesa, quizás porque me fallaron un poco las fuerzas, quizás para darle el tiempo necesario para que recogiera sus cosas y se fuera. Pero la bebida para Joszef Pawn estuvo lista y ella seguía ahí. Me senté frente a ella y nos vimos las caras, largamente, o tal vez solo por un instante, el reloj no era un instrumento que pudiera marcar la dificultad de esa primera palabra.

—Me dejaste en el aire.

—Lo siento, ya no tenía nada que hacer en el portal.

—No estoy seguro de que puedas hacerlo por tu contrato, hasta ahí no llego, pero si lo necesitas, trata de optar por el seguro de desempleo, no manejé tu caso como un abandono del cargo—Elvia me miró con cierta curiosidad—. Ya que en la práctica había asumido tus funciones, Recursos Humanos no tuvo problemas en cerrar el cargo de Coordinador de Contenidos; todavía estamos buscando un coordinador para el área de Chicago, si conoces a alguien.

—Espero que al menos te hayan aumentado el sueldo.

—No lo dudes, yo no acepto cambios en la descripción del cargo que no tengan su respectiva expresión salarial. No pongas esa cara, mantener mi filosofía me ha costado un par de despidos, una renuncia y un divorcio. Pura curiosidad— le dije señalando su computadora—, ¿personal o ya andas matando tigres?

—Nunca dejé de matar tigres, el nihilismo del contratado ya me ha salvado en varias oportunidades.

—Bien por ti.

Volvió el silencio, lo callé entretenido con mi café que más bien parecía una merengada de feria de pueblo.

—Vi unos letreros de un festival que va a haber por aquí. ¿Son buenas esas ferias?

—No sé, nunca me han llamado la atención.

—¿Por qué vives en un lugar así? No se parece a ti.

—¿Y a qué lugar me parezco?

—A uno más cerca de la ciudad, con más gente.

—Justo de eso estaba huyendo.

—¿Y ya no huyes?

—Bueno, depende, ¿a qué viniste en realidad?

Otra vez esa pregunta, ahora no hecha por mí sino verbalizada por alguien más que espera una respuesta, y yo sin suficiente café en el vaso. Aún así, bebí un largo trago.

—La verdad, me gustaría saber por qué te afectó tanto la publicación del libro. Porque no fue escribirlo ni enterarte del engaño de Marta, fue ver el libro publicado lo que te afectó.

Ahora Elvia era la que no tenía suficiente café. Se paró y fue a la barra. Le volvieron a llenar la taza. Cuando regresó quise preguntarle cómo obtuvo *free refill* pero pensé que si lo hacía desviaría el tema y quién sabe si volveríamos a él.

—Para serte honesta, no sabía qué más decir. Creí que la novela sería algo importante en mi vida. Cuando leí lo escrito por Leonardo y comencé a idear mis aportes, cuando los escribía, pensé que iba bien encaminada, pero cerca del final me di cuenta de que no había hecho nada distinto que en otras oportunidades con otros textos, simplemente agregué lo que creía que le faltaba. Y cuando hablé con Álvaro, cuando hablaba con Morelia, contigo, con los periodistas, todo el mundo esperaba más, querían leer entrelíneas, querían inferir, extrapolar, y yo solo había hecho una tarea, al final lo que hice fue un mandado. Me alejé, me escondí por vergüenza, pero no por la vergüenza que todos se imaginaron.

—¿Y has vuelto a hablar con Morelia, con Álvaro?

—Solo con él. Está de vacaciones.

—Sí, merecidas.

—Supongo que Morelia y John saben que estás aquí.

—Bueno, la idea no era hablar contigo sino con Marta, pero ya eso terminó, ya ni me acuerdo qué es lo que querían de ella.

—Me dan un poco de lástima, cayeron por inocentes.

—Igual que el resto.

No tenía nada que hacer ahí. Le dije a Elvia que tenía que volver o de lo contrario no podría entregar el carro a la hora convenida. Nos despedimos con frialdad, con desinterés, aun a sabiendas de que era un adiós para siempre.

Regresé al carro ya completamente seguro de que solo faltaba una cosa por hacer, sentarme a escribir. Y que los vacíos dejados por Leonardo, Álvaro y Elvia no podrían ser llenados por mí sino por los lectores. Quizás ese sea el impulso necesario para terminar.

INDICE

www.suburbanoediciones.com | @suburbanocom

.